꿈을 파는 나날들

꿈을 파는 나날들

발행일 2020년 8월 28일

지은이 김주호
펴낸이 손형국
펴낸곳 (주)북랩
편집인 선일영 편집 정두철, 윤성아, 최승헌, 최예은, 이예지, 최예원
디자인 이현수, 한수희, 김민하, 김윤주, 허지혜 제작 박기성, 황동현, 구성우, 권태련
마케팅 김회란, 박진관, 장은별
출판등록 2004. 12. 1(제2012-000051호)
주소 서울특별시 금천구 가산디지털 1로 168, 우림라이온스밸리 B동 B113~114호, C동 B101호
홈페이지 www.book.co.kr
전화번호 (02)2026-5777 팩스 (02)2026-5747

ISBN 979-11-6539-372-4 03810 (종이책) 979-11-6539-373-1 05810 (전자책)

이 도서의 국립중앙도서관 출판예정도서목록(CIP)은 서지정보유통지원시스템 홈페이지(http://seoji.nl.go.kr)와 국가자료공동목록시스템(http://www.nl.go.kr/kolisnet)에서 이용하실 수 있습니다.

프롤로그

어느 순간 눈을 떠보니 내 삶은 지옥의 중간에 떨어져 있었다.
불구덩이 안에 있는 사람이 무서워할 건 없었다.
그 안에서 살아남기 위해서는 무슨 짓이든 해야 했고 악마가 되는 것 따위는 두렵지 않았다.
나는 살고 싶었다.
단지 살기 위해 돈이 필요했다.
오직 돈이 삶의 유일한 구원이었으며, 살아있음을 느끼게 만들어 주는 증거였다.
가족도, 친구도 멀어졌다고 느꼈을 때, 온전히 돈만이 강력한 생명력을 느끼게 만들어 주었다.

돈을 위해 자신을 버리는 것쯤은 아무렇지도 않았다.
돈이 없을 때의 그 한심함은 처절히 느껴본 사람들만 이해할 수 있으리라.
평범한 삶을 꿈꿔보지 않았던 것은 아니다.

나 역시 남들처럼 소소한 일상에서 오는 행복을 느끼고 싶었다.

그런데….

하늘은 내가 평범한 인생으로 돌아가려 애를 쓸 때마다 가로막고 나섰다.

나는 어둠의 인간이니, 어둠에 있는 게 당연한 것이라 외치는 듯 보였다.

돈이 생기면 벗어날 수 있을 줄 알았다. 하지만 돈을 벌면 벌수록 이상하도록 늘어나는 부채. 나는 빚을 갚기 위해 더욱 진한 어둠으로 들어가야만 했다.

사람에 속고, 또 사랑을 믿고… 멍청한 이 일을 언제까지 반복할 수 있을까.

내게 사랑해달라고 속삭였던 여자들은 내가 몸을 파는 남자라며 무시하기 시작했다. 끔찍한 일들을 겪으면서도 나는 오늘도 여자들을 위해 웃음을 팔고 술을 따르고 있다. 여자들이 가진 삶의 고단함을 안아주려 노력하면서도 정작 내 몸 하나는 의지할 곳이 없다.

미용실 의자에 앉아 세상을 잃어버린 멍한 눈동자의 거울 속 자신과 조우한다.

'오늘만 지나면 괜찮아지리라.'

자신에게 늘 속삭였던 말도 이제는 할 수 없다.

살다 보면 살아지니, 또 괜찮은 날도 있겠지.

버티며 살아가는 나는, 외로움에 치를 떠는 여자들을 기다린다.

"안녕하세요. 오늘도 즐겁게 해드리겠습니다."

오늘도 남자들의 거짓 웃음에 속아 넘어간 여자들은 지갑을 연다.

그녀들은 본인의 자의식을 지옥 끝에 간신히 매달려 있는 남자들에게서 찾으려 돈을 지불한다. 한심함은 우리와 다를 바 없다.

우린 돈의 꼭두각시가 되어, 그들의 인형이 되어 하룻밤의 전유물이 되어버린다.

밤의 어둠의 시간 속에서 나의 하루가 오늘도 시작된다.

목차

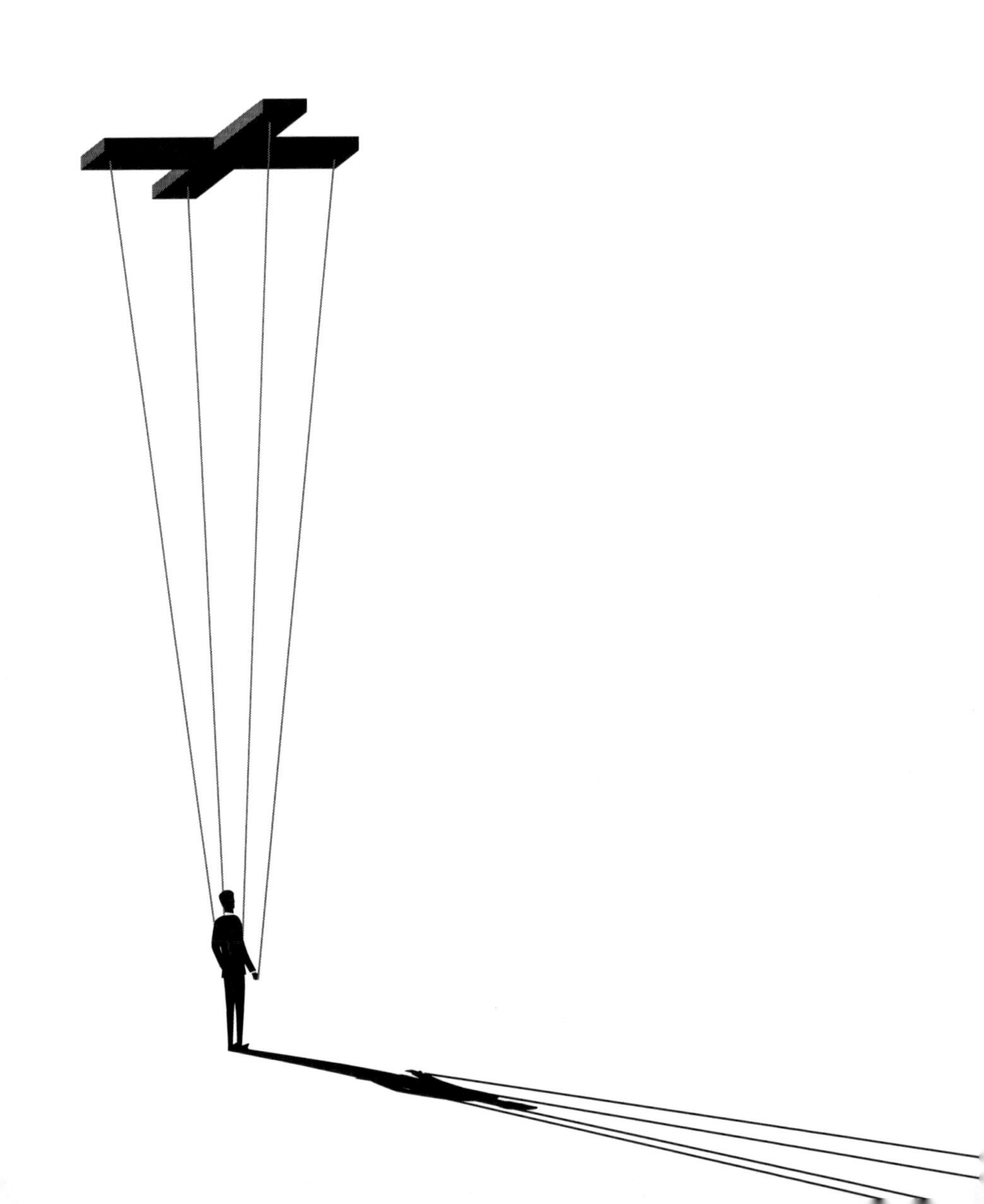

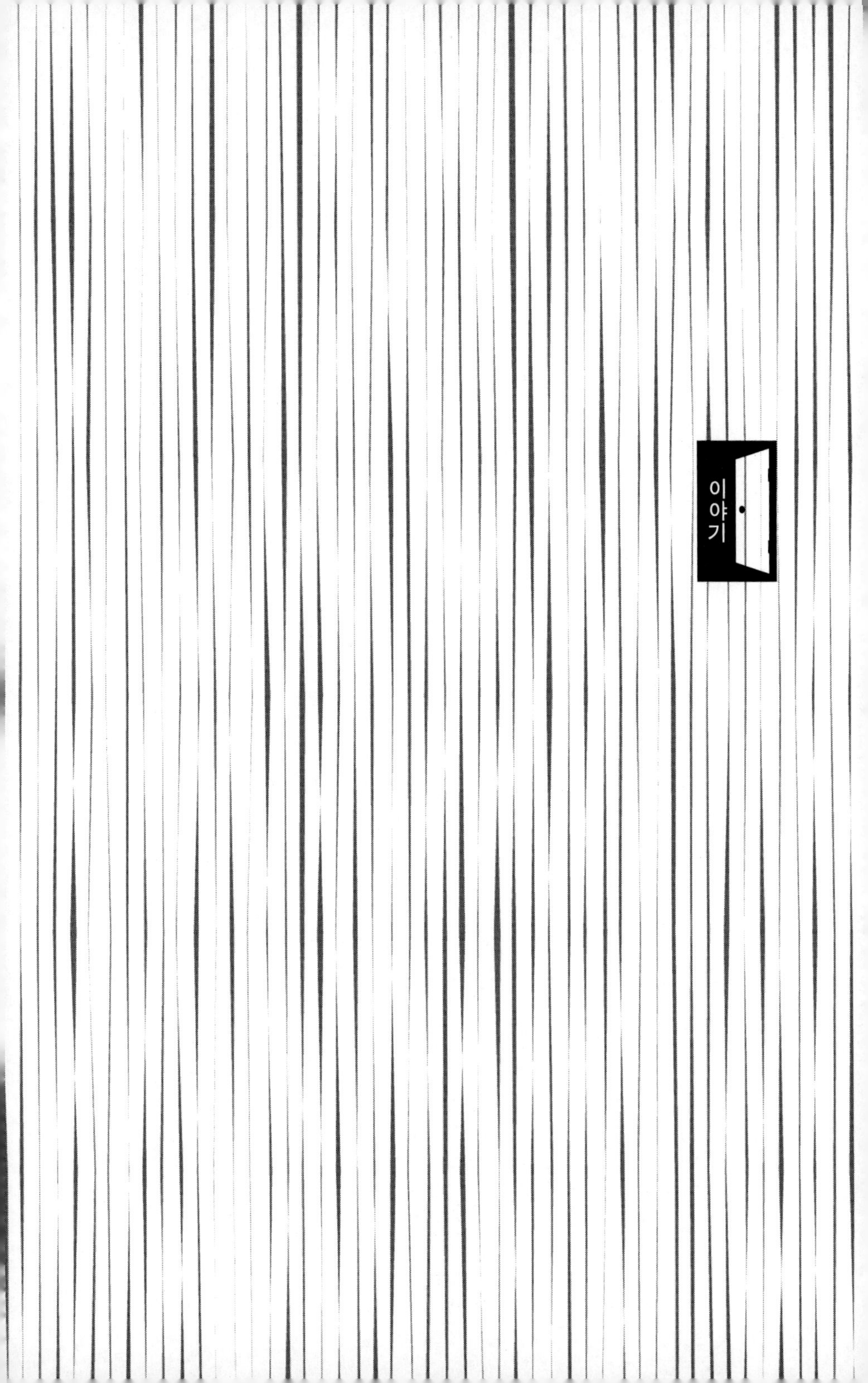
이야기

***

"여기 앞에 있는 잔을 대신 비워줄 수 있을까요?"

나는 빙긋 웃으며 고개를 끄덕였다. 단숨에 잔을 들어 입으로 털어 넣었다. 위스키의 강한 피트 향이 코로 스며들어, 가슴을 뜨겁게 만들었다.

"한 잔 더 마셔줄 수 있나요?"

여자는 내 앞으로 짙은 고동색으로 찰랑거리는 잔을 손끝으로 밀었다.

핑크색으로 단정하게 정리된 손톱이 유독 눈에 띄었다. 약지 손가락에 붙은 비즈 장식이 빛에 반사되며 반짝거렸다.

"물론이죠."

당연한 질문을 왜 자꾸 물어오는 걸까. 심술궂은 행동으로 이어지지는 않을까 살짝 걱정됐다.

그녀의 눈동자를 응시하며 술잔을 비워냈다.

'술을 마셔주는 게 직업인 남자에게 구태여 물어볼 필요가 있을까?' 하는 생각이 들었다.

"마신 게 뭐죠?"

"갓 파더입니다. 스카치위스키에 디사론노 아마레또를 넣은 겁니다. 별로 취향에 맞지 않으시나요?"

"후후후." 여자는 입꼬리를 올리며 웃었다.

"이런 걸 술이라고 하는 거겠죠?"

깍지를 끼고, 턱을 손등 위에 올린 채 물었다.

"맞습니다. 포괄적으로는 술의 한 종류라고 할 수 있죠."

나는 눈으로만 웃었다.

잠시 공백이 생기자, 곁에 있던 연우가 말을 받아쳤다.

"네이밍은 무겁지만, 한번 드셔보시면 산뜻한 맛이 느껴지는 술이에요. 디사론노의 단맛이 위스키에 희석되면서 풍미를 더해 주거든요. 여기에 넣는 술을 브랜디로 바꿔주면 프렌치 커넥션이라고 부르는데요. 이건 쌀쌀한 날씨에 몸을 녹여주기에 딱 어울리죠."

"당신은…."

여자는 약간 말을 늘어뜨리는가 싶더니,

"약간 말이 많군요."

하고 말했다.

여자는 표정 하나 변하지 않고 연우를 보며 말했다.

"나는 그냥 술이냐고 물어봤을 뿐이니까, 그렇게 구구절절 설명할 필요는 없어요. 쓸데없는 말이 많은 건 딱 질색이니까."

"죄송합니다. 제가 주제넘은 소리를 한 것 같습니다."

연우는 영업적인 미소를 띠고는 바로 태도를 바꿨다.

아마 속으로는 부글부글 끓어오르고 있을 테지만, 우린 절대로 싫은 내색을 겉으로 드러내지 않는다.

"개그를 하는 사람이 웃는 거 봤어? 그럼 개그맨의 길은 그만둬야 하는 거야. 사람이 웃는 걸 보면서 행복을 찾는 직업이지, 본인이 웃고 싶어서 하는 직업이 아니잖아."

마담 형은 가게를 찾은 손님들에게 숨겨둔 표정을 들키는 순간, 우리가 직업인으로서 가져야 할 태도는 실격이라고 했다.

우리 가게에서 일하는 직원들 모두 마담의 말에 공감하고 있다. 그가 하는 말에 대해 이해하지 못한다면, 이곳 일을 그만두면 된다.

인생은 어쩌면 너무도 단순한 선택들로 이뤄져 있는지도 모르겠다.

시작할 것이냐, 말 것이냐. 유지할 것인지, 그만둘 것인지. 언제나 많은 선택지를 요구받지만 결국, 결론은 하나로 귀결되기 마련이다.

그렇기에 성공한 사람들은 빠른 결단과 결정을 내리는 것인지도 모른다. 시간을 애써 무의미하게 소비할 필요는 없으니까 말이다.

처음에 가게로 들어올 때는 이토록 까칠한 여자인지 생각지도 못했다. 단아한 옷차림에 여성스러운 몸짓에서 이토록 차가운 말이 만들어질 줄은 몰랐다.

여자는 가게로 들어와 자리에 앉자마자 편한 술로 몇 잔 달라고 했다.

이미 들어올 때부터 벌겋게 상기된 얼굴을 보며, 약간 술에 취했을 것이라고 짐작하고 있기는 했다.

"여기가 '벤자민' 맞죠?"

여자는 안내 데스크에 있는 직원에게 명함을 건넸다. 가게 문이 열리면 자동으로 시선이 그쪽으로 향하게 되어 있다.

가게 문의 두께와 무게가 얼마나 엄청난지, 문이 닫히면 바람이 휘몰아쳐 들어온다.

마담은 문이 무거워야 손님들이 고급스럽다고 생각한다며, 문이 무거운 고가의 차량부터 편집숍까지 예를 들어 설명했다.

나는 구태여 그럴 필요까지 있을까 싶었다.

여자들이 낑낑대며 문도 제대로 열지 못해, 문 앞 안내 데스크에는 문을 열어주는 직원이 따로 자리하고 있다. 이 역시 마담이 생각하는 고급스러운 서비스 중의 하나인지는 모르겠지만, 나로선 이해가 가지 않는다.

여자의 행동이나 낯설어하는 표정을 보니, 처음 오는 손님이 분명했다.

우리 가게는 기존에 왔던 손님의 소개가 없으면 출입 자체가 불가능하다. 가게 안으로 들어오기 위해서는 두 가지 방법 중에서 하나가 이뤄져야 하는데. 하나는 지인에게 건네받은 명함을 들고 오는 방법, 또 하나는 마담 형한테 직접 연락을 취해 예약하는 방법이다.

어찌 됐든 누군가의 소개가 없다면 애초부터 우리 가게의 존재에 대해서 알 수 없는 노릇이다.

"신효, 네가 케어해 줬으면 하는데."

마담 형은 내 옆으로 와서 작은 목소리로 말했다.

나는 응대하던 손님에게 적당히 인사하고, 여자 앞으로 갔다.

"그럼 이따가 다시 인사드리러 올게요."

나는 차분한 목소리로 손님에게 말했다.

무언가 아쉬워하는 표정을 짓고 있었지만, 이 손님 역시 어쩔 수 없다는 걸 잘 알고 있다. 한 명의 직원을 자신의 앞에 묶어놓으려면 손님들은 많은 돈을 지불해야 한다.

"지옥과도 같은 곳이야."

예전에 가게를 주구장창 들렀던 손님이 했던 말이다.

눈을 떠보니, 빚이 산더미처럼 불어나 있었다고 했다. 가게에서 뭔가에 홀린 듯 돈을 쓰고 보니, 결국에 남은 건 빚밖에 없다고 말했다.

“정말 그때는 다 죽여버리고 싶었어.”

웃으며 말했지만, 그 말을 순전히 거짓으로만 받아들이기는 힘들었다.

바깥과는 단절된 어두운 조명의 공간. 이곳에서 사람들의 이성은 잠시 마비된다. 이렇게 하루를 보내도 괜찮겠다는, 손님들의 자기합리화를 직원들이 시켜준다. 손님들은 직원들의 기분에 동질감을 느끼며, ‘오늘 하루쯤은 괜찮을 거야.’라는 자기 인정의 과정을 거치게 된다.

이때부터 지옥의 문이 열린다. 돈이 많다면 하루에 몇백쯤이야 우습겠지만, 돈이라는 건 유한한 법이니까. 어느덧 눈을 뜨면 통장의 잔고는 나도 모르는 사이에 줄어들어 있다.

이미 때늦은 후회. 그럼에도 미련을 버리지 못하고 이 지옥의 불길로 걸어 들어오는 여자들을 무수히도 많이 보았다.

“적당히 마실 수 있는 걸로 몇 잔 주세요.”

나는 간단하게 소개를 했고, 잘 부탁드린다고 인사를 했다. 여자는 인사를 받자마자 적당한 술을 찾았다. 적당히 마실 수 있는 것. 우리 입장에서는 가장 애매한 말이기도 했다.

여자들은 굉장히 단순하면서도 예민한 동물이다. 자신의 취향에 맞는 술을 가져다주면 자신과 잘 통하는 사람으로 치부한다. 하지만 그렇지 못한 경우에는 몹시도 촌스러운 사람, 자신과 맞지 않는 사람으로 단정 지어 버리기도 한다.

물론 지금의 기분과 원하는 술의 종류를 미리 말해준다면 그리 어렵지 않게 만들어 줄 수 있다.

우리 가게에서 신입을 제외한 나머지 직원들은 칵테일 제조에 대해 전문적으로 배웠다.

“무식함을 다른 상식으로 채운다.”

마담 형이 줄곧 하는 말이었다.

여기 오는 손님들 대부분은 상당한 재력을 가진 여성들이었고, 본인들의 부에 맞는 지식수준도 갖추고 있었다.

우리가 잘 알 수 없는, 또 관심도 없는 시사상식에 대해 말할 때면, 우리는 술에 대한 주제로 가볍게 이야기를 넘기고는 한다.

그것 역시 눈치를 봐 가면서 해야 한다. 적당히 술에 관한 얘기를 녹여내면 그 자리를 무겁지 않게 만들 수 있다.

그런데 연우는 오늘 이 여자한테 잘못 걸렸다.

평소에 하던 대로 칵테일에 대한 지식으로 대화의 주제를 이끌어가 보려고 했지만, 실패, 그것도 참사에 가까운 창피를 당하고야 말았다.

이곳에 오는 여자들은 자존감이 높아 으스대고 싶어 하는 남자들과 별반 다르지 않다. 자신이 얼마나 높은 위치에 있는지,

많은 것을 누리고 살아가는지 자랑하고 싶어 한다.

자신이 삶의 우위를 점하고 있다고 생각하는 이들과 논쟁을 펼치는 건 그야말로 미친 짓이기도 하다. 적당히 맞장구를 쳐주고 화제를 전환해 주면, 그녀들도 모른 척 얘기를 따라오게 되고 농담도 하며 즐거운 주제로 변환이 된다.

그녀를 위해 총 넉 잔의 술을 준비했다.

그녀는 밝은 표정을 지으려 애를 쓰는 것처럼 보였지만, 육중한 돌처럼 바다 깊은 곳에 가라앉은 사람처럼 보였다.

그녀를 위해 위스키 두 잔과 갓 파더, 그리고 가볍게 마실 수 있는 맥주와 토마토주스가 들어간 레드아이를 준비했다.

"술이라…. 술은 좋지 않은 거라고 들었는데, 그럼 당신은 나쁜 사람?"

앞에 있는 여자는 혀가 꼬부라진 목소리로 말했다. 연우는 질렸다는 얼굴로 자리를 피했다.

손님들이 걸어오는 말장난에는 어느 정도 내성이 생겼다고 생각했는데, 이런 종류의 주사는 처음이었다.

"술을 마시는 게 나쁘다면, 전 악마에 가깝겠네요."

진심이 담긴 목소리로 말했다.

정말 술을 마시는 사람이 나쁜 사람이라면 나는 어떤 범주 안에도 넣을 수 없을 정도의 나쁜 인간일 것이다.

눈을 뜨면 물처럼 맥주를 마시는 건 기본이었고, 술에 취하지 않으면 잠을 자지 못했다.

즉, 알코올에 정신이 지배되지 않으면, 하루의 끝을 맺지 못하는 중독자에 가까운 수준이었다.

"악마라. 술이란 걸 오늘에서야 처음 보는 거라서."

"술은 처음이신가 보네요."

이미 술에 얼큰하게 취한 여자에게 너스레를 떨었다.

그녀는 내 말이 웃겼는지, 깔깔거리며 웃었다.

옆에 놓인 핸드백에 손이 올라갔고, 어김없이 지갑을 꺼낸다. 내가 마음에 들었다는 증거다.

'이제 곧 돈이 나온다.'

역시나 예상은 또다시 적중한다.

지갑에 손을 넣고 안쪽의 지폐를 잡은 여자는 잠시 주춤하는가 싶더니, 잽싸게 지폐를 빼낸다.

"기분이다."

나는 지폐를 받아들고는,

"감사합니다."

가게에 있는 손님과 직원들이 들을 수 있을 만큼 크게 말했다.

바를 하나 사이에 두고 그녀와 나의 거리는 몇 센티밖에 되지 않는다. 아주 짧은 거리지만, 그사이에는 넘을 수 없는 벽이 존재한다.

돈으로 시간을 사는 사람과 시간을 돈을 받고 파는 사람. 물론 나는 후자에 속한다. 누군가는 나를 호스트라고 순화해서 불렀고, 거친 입을 가진 이들은 나를 두고 남창이라고 했다.

어떤 식으로 부르든 그건 그들 마음이니 개의치 않았다.

"술. 술은 실제로는 처음 보는군요."

언제까지 이 재미없는 농담을 받아줘야 하는 걸까. 붉게 얼굴이 달아오른 여자가 실실거리며 웃는다.

"술은 더럽게 맛이 없다는데."

여자는 재미없는 장난을 다시 치고 싶은 모양이었다.

딸꾹거리는 여자의 입에서는 구취와 함께 역겨운 술 냄새가 풍겼다.

"잠시 실례하겠습니다."

나는 미소를 잃지 않은 채 아무렇지도 않다는 듯 잠시 자리를 비웠다.

내가 몸을 비틀자 눈치를 챘는지, 연우는 따뜻한 우유 한 잔을 건넸다. 나는 눈짓으로 인사하고는, 여자 앞으로 갔다.

"고객님을 위해 준비했습니다."

오호, 입으로 작은 감탄사를 던졌다.

"이게 뭐죠?"

여자는 호기심이 한껏 가득한 눈빛으로 변했다.

"술은 별로 즐기시지 않는 것 같아, 다른 것으로 준비했습니다."

"희한하네요. 나한테 술을 즐기지 않는 것 같다고 말하는 사람을 보다니. 당신은 필시 미쳤거나 아니면 악마겠네요."

여자는 입술을 컵에 살짝 갖다 댔다가 한 모금을 마셨다.

"달콤하네요."

"속이 허전하실까 봐서요."

나는 얼굴을 앞으로 내밀며 말했다. 당신의 모든 말을 들어줄 준비가 되어 있다는 몸짓이었다.

예상한 대로 반응이 왔다. 여자는 여지없이 걸려든다.

"같이 나갈 수도 있나요?"

"그건 제가 말씀드리긴 힘들 것 같은데요. 마담을 불러드리겠습니다."

여자는 고개를 끄덕였다.

내가 손짓하자, 연우는 곧장 마담을 불러왔다.

나는 마담이 여자의 곁으로 오는 걸 확인하고는, 살짝 자리를 피해줬다.

저런 여자라면 2차를 나가도 괜찮다는 생각이 들었다. 물론 호텔 방으로 같이 나가서 돌변하는 사람도 있지만, 이 여자는 그러지 않을 것 같다는 확신 비슷한 마음이 들었다.

그녀가 말장난을 받아준 대가로 건네준 팁만 해도 30만 원에 가까웠다. 이런 호구를 놓칠 수는 없었다.

"대단하다, 진짜. 나는 짜증 나서 들어주기도 힘들던데. 술에 취한 년이 '이게 술이라는 거죠?' 이런 질문을 하는데 어떻게 웃으면서 넘겼어?"

"프로니까."

나는 장난스럽게 말하고는, 연우에게 5만 원을 건넸다.

"아니, 굳이 이렇게까지."

"프로니까."

주머니 안으로 잽싸게 지폐를 찔러 넣은 연우는 "풋." 하고 웃음을 보였다.

"얼마에 협의를 볼 거 같아?"

연우는 마담이 있는 쪽으로 턱을 치켜들며 말했다.

마담은 여자의 어깨에 살짝 손을 올린 채 얘기를 한창 이어가는 중이었다.

"모르긴 몰라도 마흔 중반은 될 거 같은데."

연우는 골똘히 그녀를 바라보며 말했다.

"설마."

나는 고개를 갸웃거렸다.

"나중에 호텔 방 가서 봐라. 온몸이 중력의 힘을 이기지 못하고 축축 처져 있을 테니까."

"얼굴은 저렇게 탱탱한데?"

"얼굴에 필러를 엄청나게 맞았거나 지방 이식을 했겠지. 아까 그런 농담하는 사람치고 나이가 마흔 이하인 사람은 본 적이 없다니까. 꼰대도 그런 꼰대가 없어요. 완전히 사람 약 올리려고 하는 말이잖아."

"그런가?"

나는 그녀가 지천명의 나이든, 불혹을 넘었든 관심이 없었다. 오늘 밤 나와 함께 밤을 보내는 돈으로 얼마를 지불할 것인지, 그게 중요할 뿐이었다.

"신효야."

마담 형은 나를 보며 밝게 웃으며 손짓했다.

꽤 만족스러운 화대를 지불한 모양이었다.

나는 여자의 팔짱을 끼고, 밖으로 에스코트했다. 여자는 잠시 비틀거리는가 싶더니, 내 어깨에 몸을 기댔다.

고개를 돌려 마담 형을 바라보자, 마담 형은 손가락으로 검지와 중지를 펴서 V자를 만들었다.

나쁘지 않았다.

기분 좋은 표정으로 V를 그렸다는 건 200만 원을 받았다는 뜻이다. 20%를 제하고 받아도 160만 원이 손에 들어온다. 나는 여자의 몸을 내 어깨 안쪽으로 깊숙이 밀어 넣고는 허리춤을 손으로 감쌌다.

***

"어제도 한 건 했다며?"

가게에서 말을 트고 지내는 민철 형이 말을 걸어왔다. 가게에서 사적인 얘기를 나눌 수 있는 사람은 민철이 형과 연우, 마담 형이 전부였다.

물론 마담 형하고는 사적이 얘기라고 해봐야 돈 얘기가 전부였지만, 30명가량 되는 다른 직원들과는 아예 교류조차 없었다.

가게의 다른 직원들은 뒤에서 내가 싸가지가 없다고 벼르고 있는 모양이었다. 참 웃기는 일이다.

그러거나 말거나, 나는 말하고 싶지 않은 상대와 길게 얘기하고 싶은 마음은 없었다.

가게 내에서 정을 통하고 인맥을 맺어봐야 하는 짓이라는 게 뻔하다. 같이 여자가 나오는 술집을 가거나, 아니면 카드를 치며 자신의 살을 깎아 먹는 일뿐. 그런 거라면 굳이 이들과 하지 않아도 된다는 생각이다.

우리는 같은 일을 하고 있지만, 서로가 경쟁자이면서 하나의 사업자 같은 개념이다. 어제는 나를 보러온 손님이었어도, 내일이면 다른 직원의 손님으로 탈바꿈해 있을 수도 있다.

돈이 되는 여자라는 느낌이 드는 순간, 서로 물불 가리지 않고 그녀의 마음을 빼앗기 위해 달려든다. 매일 같이 얼굴을 비비고 같이 밥을 먹고 때로는 술을 마시는 사이라고 해도 그런 건 개의치 않는다. 이런 우리들의 세상 속에서 의리라는 건 존재하지 않는 게 당연했다.

"제가 이따가 맛있는 거 살게요."

"그런 소리 하지 말고 돈이나 모아. 안 그러면 그러다가 나처럼 되는 수가 있다. 나이 먹고 이러고 있는 내 꼴을 봐. 얼마나 한심해 보이냐."

"난 형 멋있는데."

진심을 담아서 얘기했는데도, 민철 형은 웃으며 대꾸하지 않는다.

어젯밤을 함께 보냈던 여자도 내게 비슷한 말을 했다.

"그런 곳에 오래 있어봤자 좋을 거 없어. 빨리 나오는 게 좋아. 영혼만 망가지고 허물어질 뿐이야."

여자는 선물이라며 엄지손가락에 차고 있던 반지를 내 약지 손가락에 끼워줬다.

참, 신기한 여자라는 생각이 들었다.

'영혼을 망치지 않으려면 어떻게 해야 하는데요.'

나는 속으로만 말하고, 입 밖으로는 빼내지 않았다. "영혼이 망가지고 있는 남자와 대화하기 위해 오는 당신은 그럼 이미 망가져 있다는 건가요." 이런 말들이 내 입 주위를 맴돌았지만, 나는 꾹꾹 눌러 담았다.

"자, 한 잔 마시죠."

여자는 시원하게 맥주를 들이켰다.

위험하다.

직감적으로 술을 더 마셔서는 안 될 것 같다는 생각이 뇌리를 스치고 지나갔다. 입에서 맴도는 말을 밖으로 뱉어내지는 않을까 걱정이 됐다. 아무리 내게 관심을 보인다고 해도, 손님은 손님이다. 손님에게 선을 넘어서는 안 될 일이다.

여자는 방에 들어가서 잠자리를 요구하지도, 변태적인 성향을 보이지도 않았다. 호텔 방에 들어가서는 술이 다 깼는지, 테이블 위에 술을 올려놓고는 이것저것 진지하게 물어봤다. 가게에서 횡설수설하던 모습과는 사뭇 대조적이었다.

마치 가게에서 보였던 행동은 잘 짜인 각본대로 연기를 선보인 것만 같아서 한편으로는 소름이 돋을 정도였다.

"괜찮아지신 거예요?"

하고 묻자,

"네가 준 우유가 너무 맛있었나 봐."

발그레한 볼로 미소를 보였다.

도무지 종잡을 수 없는 여자라는 생각이 들었다.

그녀와 냉장고에 있는 맥주를 시작으로 미니바에 있는 위스키까지, 아침이 오도록 술을 마셨다.

"형! 그래서 몇 살이래?"

연우의 목소리에 문득 현실로 돌아왔다.

"맞다."

"내가 꼭 물어보라고 했잖아."

연우는 실망한 얼굴을 하고는, 여자의 알몸이 어땠는지 물었다.

나는 대충 말을 얼버무리며 대답을 회피했다.

***

내가 하는 일은 아주 간단하면서도 어떻게 보면 쉽지 않을 수도 있다.

이곳은 여성들이 알고 있던 기존의 호스트바와는 조금 다른 특징을 지니고 있다.

노래를 불러주고 즐겁게 해주는 게 기존의 호스트바에서 남자들이 하는 일이라면, 우리는 대화다. 오로지 대화로 시간을 이끌어간다.

오픈된 바(bar)로 만들어진 공간이다 보니, 어떤 야한 행위를 걸어오는 여자도 없을뿐더러, 회원제로 올 수 있는 곳이라 아무나 입장하기 힘든 곳이기도 하다.

물론 화대를 지불하고 호스트바와 같이 잠자리도 가질 수 있지만, 그건 직원들이 마음대로, 혹은 기분에 따라서 선택할 수 있다.

여자가 마음에 들지 않으면 우리 쪽에서도 거부할 수 있으니, 우리 처지에서는 최고의 시스템이라 할 수 있다.

그래서 때때로 여자들의 2차 제안을 거부하는 직원들도 있지만, 나는 한 번도 거부한 일이 없다.

'여자들 입장에서 생각하면, 남자를 사는 게 오죽하면 그럴까.'
하는 연민의 정을 느껴서라고 한다면 거짓말이겠고. 돈이 목적이라고 하면 내가 너무 한심해 보이지만, 사실이라 달리 부정할 말이 없다.

솔직히 돈이 문제가 아니라면 애초에 이런 곳에 나올 일도 없었을 테니 말이다.

이곳 가게는 호스트바에서 날고 긴다는 에이스 선수들이 와도 자리를 잡는 데 오랜 시간이 걸린다. 그만큼 손님들의 취향이 까다롭기 때문이다.

손님들이 원하는 게 무엇인지, 어떤 대화를 하며 시간을 보내고 싶어 하는지 등을 파악해내는 것은 오롯이 직원의 몫이다.

술값 역시 만만치 않기 때문에 본인이 생각하는 기준에서 대화가 빗나가면 바로 아웃이 된다.

화려한 언변으로 상대를 녹일 수 있는 기술이 있다면 좋겠지만, 그보다 더 중요한 건 그들의 이야기를 경청해주는 자세다.

비싼 돈을 지불하고 술을 마시러 오는 사람들이 우리의 시답지 않은 삶에 대해 듣기 위해 오는 것은 아닐 것이다.

자신들의 삶을 위로받고, 잘난 척도 하고, 또 자신이 얼마나 대단한 사람인지 과시하고 싶어서 이곳을 찾는다.

이런 모든 행동이 발현되는 것은 아마도 사랑, 바로 사랑을 받고 싶은 여자들의 본능이 작용하기 때문일 것이다.

나는 이곳에 와서 사랑이 고픈 여자들을 너무도 많이 목격했다.

나를 위해 모든 것을 버리겠다는 여자부터, 만나주지 않으면 죽겠다는 여자까지. 그중에서도 선미는 단연 발군이었다.

얼마나 치열하게 사랑을 구걸했던지, 지금 생각해도 토악질이 나온다.

다행히 가게가 다른 장소로 이사하면서 그 여자를 다시는 보지 않을 수 있었지만, 그전에는 정말로 끔찍함 그 자체였다.

가게는 주기적으로 이사를 한다.

경찰보다 무서운 게 가게에 푹 빠져 진상을 부리는 여자다. 그것도 남편에게 버림받고 진상을 부리기 시작하는 여자가 제일 무섭다.

가게에 빠져 한 달에 몇천씩 우습게 쓰는 여자들은 많다.

자존심상 다른 여자들이 비싼 술을 시켰다고, 자신도 따라서 시켰다가 패가망신하는 경우도 여러 명 보았다. 선미도 자존심으로 파멸에 이른 여성 중의 한 사람이었다.

스무 살이라는 어린 나이에 부동산 재벌인 남자 집에 팔려 가듯 시집을 갔다. 그녀는 이십 대 후반부터 호스트바에 빠져서 다니기 시작했고, 그러던 중 프라이빗한 가게를 찾다가 우리 가게까지 오게 됐다.

"당신, 마음에 드네요."

선미는 언제나 직설적이었다.

처음 나를 보고 놀랐던 선미의 눈을 아직도 잊을 수 없다.

우리가 가게에서 일하는 방식은 30분 간격으로 로테이션을 도는 형식이다. 손님 앞에 있다가 다른 손님으로 바꿔 가며 대화 상대를 해준다. 마음만 먹으면 장승처럼 나를 앞에 놔둘 수도 있고, 안쪽의 룸으로 들어가 둘이서만 오붓하게 다른 이들의 시선에 방해받지 않고 술을 마실 수도 있다.

선미는 나와 둘이서만 술을 마시고 싶다며, 안쪽의 방을 달라고 했다. 마담 형은 있지도 않은 예약을 들먹여가며 선미가 방으로 들어가지 못하게 했다.

결국 선미는 나를 앞에 묶어두기 위해 100만 원이 넘는 샴페인을 시켰고, 나는 그녀와 대화를 나눴다.

그녀는 남편을 만나서부터 지금까지의 생활, 아이를 유산했을 때의 아픔, 가정생활이 파탄 나게 된 것은 남편과 사랑이 없이 결혼했기 때문이라는 것 등 자신의 얘기를 끝도 없이 뱉어냈다.

뭐, 이러니저러니 해도, 결국 그녀의 얘기는 자신을 알아달라는 것밖에 되지 않았다. 자신을 잠깐만이라도 좋으니 사랑스럽게 바라봐달라는 것이었다.

사랑이 없어도, 충분히 사랑스럽게 봐줄 수는 있다. 그것이 돈과 연결되어 있다면 더욱더 어렵지 않은 일이었다.

나는 그녀가 가게로 찾아올 때마다 사랑스러운 눈빛을 아끼지 않고 보냈다.

2차로 나간 잠자리에서도 그녀에게 거침없이 사랑의 눈길을 보냈다. 잠자리에서 몇 번이고 눈을 바라봐달라고 하는 선미였다.

그녀가 원하는 대로 그윽한 눈으로 그녀를 내려다보며, 그녀의 몸을 뜨거운 절정에 휩싸이도록 만들었다.

내게 사랑이란 어려운 게 아니었다. 돈, 내게는 돈이 사랑이었다. 그러니 돈을 주는 사람을 사랑스럽게 바라보지 않을 이유가 없지 않은가.

선미는 내가 갖고 싶다는 시계며, 옷, 지갑, 고가의 물건들을 닥치는 대로 선물해줬다.

그녀와 만나기로 약속을 잡은 날이면 제일 먼저 들리는 곳은 백화점이었다. 그렇지 않으면 한가하게 그녀와 커피를 마실 이유가 없었기 때문이었다. 내가 생각해도 심하다 싶을 정도로 과하게 쇼핑을 했다.

돈을 쓰는 건 본인의 자유니, 내가 신경 쓸 부분은 아니었다. 본인이 좋아서 쓰겠다는데 내가 구태여 말릴 필요는 없었다.

다만 몇 번 정도 '괜찮을까?' 하고 걱정해보기는 했다.

백화점에서 카드 한도를 넘었다는 얘기를 들은 적이 몇 번 있었고, 여러 장의 카드로 돌려서 쓰고 있다는 걸 알고 있었기 때문이었다.

'돈이 없으면 만나지를 말아야지.'

나는 차갑게 선을 그으며 그녀와의 관계를 내 멋대로 정의 내리고 있었다. 그녀는 차츰 나를 만나도 백화점으로 데리고 가지 않았고, 오로지 잠자리에 집착했다. 나는 그녀의 연락을 피했고, 내게 만나 달라는 강한 어조로 협박 비슷한 문자를 보내도 무시해버렸다.

역시 그렇게 곪은 염증은 곧 터지고 말았다.

어떻게 알았는지 선미는 우리 집 앞에서 나를 기다리고 있었다.

돈도 있으니, 홍신소 사람을 쓰는 일쯤은 아무것도 아닐 테지만, 내 신원에 대해 하나도 모르는 상황에서 집을 찾아내다니 당황스러울 수밖에 없었다.

지금 쓰고 있는 신효라는 이름은 가게에서 부르는 이름이지, 내 본명과는 전혀 다르다.

거기에 핸드폰도 가게에 자주 오는 명목상으로는 여자친구로 되어 있는 다현이의 이름으로 개통해놓은 상태였는데, 어떻게 알았을까.

집에서 쫓겨났다는 선미는 우리 집에서 며칠만 지내게 해줄 수 없는지 물었다.

흥청망청 돈을 써대는 아내를 남편은 쫓아냈고, 이혼까지 하게 됐다.

“물론 공짜로 지내게 해달라는 건 아니야. 나도 염치가 있는 여자니까.”

선미는 이혼 소송이 끝나고 받는 위자료로 함께한 시간을 돈으로 몇 배로 보상해주겠노라고 했다.

그녀가 잠자리에서 변태적 성향이 보였기 때문에 약간 걱정되기는 했지만, 그래도 받아들이기로 했다.

빌어먹을 돈.

돈이 나를 흔들리게 만든 것이다. 그녀는 위자료를 받으면 7억 원을 준다고 약속했고, 내가 못 미더워하는 눈빛을 보이자, 각서까지 써주겠다고 했다.

그녀에게 7억을 받고자 하는 대가는 혹독했다.

매일 밤 그녀의 성노예가 되어 어이없는 놀이에 참여해줘야 했다.

그녀의 손바닥에 빰이며 엉덩이를 내어줘야 했고, 그 강도는 점점 심해졌다. 그녀는 어디서 구해왔는지 수갑까지 가지고 나타났다.

오로지 하나의 생각.

7억.

7억이라는 액수만 생각하며 버텼다.

내가 아무리 돈을 잘 번다고 해도, 7억은 언감생심이었다. 일해서 모은다면 언제 모을 수 있는 액수인지 꿈도 꾸지 못할 돈임에는 분명했다.

참고 참았건만, 나중에는 참을 수 없는 지경까지 이르게 됐다.

술에 취해 잠에서 깨 일어나 보니, 내 손과 발이 아주 단단하게 노끈에 묶여 있었다. 이날은 출근도 하지 못하고, 집에서 꼼짝없이 묶인 채로 있어야 했다. 얼마나 단단히 묶었는지, 말로 표현할 수 없을 만큼 괴로웠다.

"앞으로는 출근할 생각하지 마."

선미의 눈은 진지하기 이를 데 없었다.

나는 본능적으로 그녀가 지금 매우 위험한 상태라는 걸 직감할 수 있었다.

지금 이 여자를 자극한다면 돌아오지 못할 강을 건너게 될 수도 있다고 생각했다.

앞으로 가게를 나가지 않겠다고 그녀를 설득했지만, 그녀는 도통 내가 한 말을 믿어줄 생각을 하지 않았다.

"가게에서 너를 버릴 때까지 너를 집에 묶어둘 거야."

이틀을 묶여 있었더니, 손목 주변에 거스름이 피더니 이내 진물까지 흘렀다. 몸을 비틀면 비틀수록 노끈이 강하게 조여 왔다.

제발 좀 살려달라고 애원해도, 그녀는 들어줄 생각을 하지 않았다.

특히나 치욕스러웠던 건 바로 기저귀였다.

선미는 알몸인 내게 성인용 기저귀를 입혔다. 대소변을 누운 채로 봐야 하는 그 끔찍함은 이루 말할 수 없었다. 다시 어린아이로 돌아간 듯한, 내가 치매라도 걸린 노인이 되어버린 듯한 퇴화. 도무지 잊을 수 없는 고통의 시간들이었다.

3일째 되던 날, 연락도 되지 않고 출근도 하지 않자, 연우가 집으로 찾아왔다. 다행히 선미가 잠시 나간 틈을 타서 연우가 집으로 찾아왔고 덕분에 나는 자유로워질 수 있었다.

"내가 너무 미안해. 당신밖에 없어서 그랬어."

나는 그녀에게 화를 내지도, 말을 미화해서 그녀의 마음을 안정시키려고 하지도 않았다.

그녀는 며칠 동안 가게를 찾아오며 용서를 빌었지만, 나는 받아줄 마음이 없었다.

"괜찮아. 그럴 수 있지."

나는 딱딱하게 대답할 뿐이었다.

"그럼 얘기는 이제 끝내도 되겠죠?"

단호한 말투로 마담 형은 선미를 밖으로 끌고 나갔다.

밖으로 끌려나가도 선미는 아랑곳하지 않고 계속해서 가게로 들이닥쳤다.

7억이라는 돈이 아깝기는 했지만, 이대로 그녀와 붙어 있으면 죽을 수도 있다는 생각이 지배적이었다.

"돈 낸다고! 돈을 낸다는데! 왜 지랄들인데!"

선미는 돈뭉치를 가지고 와서 마담 형의 얼굴에 던지며 말했다.

"손님, 안으로 모시겠습니다."

마담 형은 바닥에 떨어진 지폐를 주우며, 선미를 바에 앉혔다. 돈 앞에서 얼마나 인간이 다른 모습을 보여줄 수 있는지, 마담 형은 간사한 인간의 전형을 보여주고 있었다.

"괜찮으세요?"

"어쩔 수 없잖아. 우리가 입맛에 맞는 대로 손님을 가려서 받는다고 소문이라도 나봐. 지금 오는 사람들도 다들 그냥 오는 게 아닌데. 그러다가는 끝장이야. 가게 한 번에 박살 나는 건 한 순간이야."

마담 형은 무표정한 표정을 짓고 있었다.

그 표정이 무엇을 의미하는지는 며칠 후 알게 됐다.

마담 형이 선택한 방법은 바로 가게를 이사하는 것이었다. 가게를 이사하며 선미 그 여자와 더는 마주칠 일이 없었다.

"형, 저 때문에 미안해요. 굳이 안 그래도 되는데."

"너를 버릴 수는 없으니까. 그러니까 미안해하지 않아도 돼."

마담 형은 웃으며 말했다.

모두에게 피해를 준 것 같아, 몇 번이고 사과했다. 물론 이해해주는 직원들도 있었지만, 대부분 회의적인 입장을 보였다.

나 하나만 가게에서 나가면 될 일이었는데, 문제가 커졌다고 불만을 토로하는 것이었다.

그날 이후로 평소 없던 습관 하나가 생겼다. 집으로 돌아가는 길에는 주변을 의식적으로 살피게 됐다.

혹시나 불현듯 어디선가 그녀가 다시 나타나지는 않을까 하는 두려움이 가슴 깊숙이 자리 잡았다.

***

가끔은 나도 외로울 때가 있고, 그럴 때면 의지하는 사람을 찾기 마련이다.

사람들은 내가 외로움이나 고독함 따위는 느끼지 못하는 냉혈한이라고 생각하지만, 나도 일반 사람들과 다를 게 없다.

슬퍼서 혼자 울기도 하고, 또 버티며 하루를 살아가고 있다. 손님들에게 인기가 많다고 해서 외로움이 덜해지는 건 아니다.

집으로 혼자 돌아가 불을 켜는 순간, 술에 취해 정신이 몽롱한 상태로 샤워하고 침대 위에 눕는 순간, 이 세상에 나 혼자라는 괴로움이 나를 감싸 안는다.

특히 선미와 있었던 일은 내게 꽤 큰 충격으로 다가왔다. 몇 번이나 같은 악몽을 꿨고, 매일 눈을 뜨자마자 손이 묶여있는 건 아닌지부터 확인했다.

흔히 사람들이 고통스럽다고 말하는 외상 후 스트레스에 대해 크게 생각하지 않았는데, 얼마나 사람을 초췌하게 만드는지 이제야 깨닫게 됐다.

"뭐하냐? 간만에 한잔하는 거 어때?"

내가 유일하게 먼저 연락하는 친구가 있다.

중학교 때부터 우여곡절을 겪으며 힘든 순간을 서로 위로하며, 유일하게 친하게 지내는 준석이라는 친구다.

"너는 왜 그렇게 돈에 연연하는 거야? 모든 게 돈 때문에 발생한 일이잖아."

"내가 돈에 집착한다고 생각해?"

준석이는 당연하다는 듯, 고개를 끄덕였다.

나는 바꿔서 질문했다.

"세상에 돈을 좋아하지 않는 사람이 있어?"

"당연히 없겠지. 근데 너는 정도가 심하다는 생각이 들어서 하는 말이야. 넌 목숨보다 돈이 더 중요하다고 생각하는 사람 같아."

내게 밤일을 하면서 알게 된 사람들 외에, 평범한 사회인으로서 착실하게 살아가는 사람은 준석이가 유일했다.

준석이의 예상치 못한 질문에 목이 턱 하고 막혔다.

'나는 왜 돈에 목숨을 거는 걸까?'

그 이유에 대해서 세세하게 설명할 수는 없지만, 돈이 없다면 불행해진다는 것을 아주 어린 나이부터 느껴서인지도 모르겠다.

"예전을 생각해 봐. 우리는 돈이 없어서 죽을 수도 있는 상황에 떨어졌었다고. 근데 어떻게 중요하지 않다고 말할 수 있어?"

"물론 중요해. 나도 돈은 중요하다고 생각해. 그런데, 잘 생각해 봐. 지금 우리 모습을 봐."

준석이는 앞에 있는 회 한 점을 집어 들었다.

"이렇게 좋은 스시집에서 돈 걱정하지 않고 회를 먹고 있어. 옛날처럼 없어서 못 먹는 것도 아니고. 조금은 편안하게 생각해도 좋을 거 같아서 그래."

"그거야 당연히 그렇지만."

나는 혀를 내밀어 보였다.

어린 시절, 준석이와 나는 하루하루 끼니를 어떻게 때워야 할지 그 고민만으로 시간을 보냈다. 그리고 날씨가 조금이라도 늦게 추워지기를 바랐다. 추워지는 날씨는 가난한 우리를 유독 힘들게 만들었고, 하루를 버티는 것만으로도 다행이라고 느끼게 해줬다.

"가출한 애들 치고 우린 지나치게 잘살고 있는 건지도 몰라."

준석이는 코를 찡그리며 웃어 보였다.

가출, 그때는 어떻게든 도망치고 싶었다. 아버지라는 인간이 느닷없이 출몰하며, 내가 누렸던 행복은 차츰 균열이 가기 시작했다. 아주 어린 나이였지만, 그때는 가출하지 않으면 죽을 수도 있다고 생각할 정도였다.

그때 가출하지 않았다면 어땠을까. 이제 와 의미도 없는 생각을 해본다. 공부는 어느 정도 하는 편이었으니, 준석이처럼 회사에 다니고 있으려나. 아니면 일찍 결혼해서 아이라도 낳았으려나.

문득 엄마의 모습이 떠올랐다.

늘 술에 취해 발그스름한 얼굴을 하고 있었던 엄마. 밤이면 기분이 좋아 들떠 있는 사람이었고, 아침이면 시체처럼 퀭한 얼굴로 힘없이 소파에 앉아 있던 모습만 떠오른다.

밤과 낮이 확연하게 다른 사람이었다.

우리 집은 새벽에도 대낮처럼 밝았고, 사람들의 목소리로 가득했다.

엄마는 무슨 생각으로 낯선 남자를 아빠라고 내 앞에 데리고 나타났던 걸까. 지금 생각해도 이해가 되지 않는다.

***

어느 날 갑자기.

정말 갑자기, 갑자기라는 표현이야말로 절묘하게 맞아떨어지는 말이라고 생각한다.

13살, 초등학교를 졸업하던 날, 나는 아버지라는 생소한 너무도 생소한 이름의 선물을 받았다.

내가 말을 가리고 사람을 인식할 수 있을 무렵부터, 아버지라는 존재는 세상에 존재하지 않는 내 머릿속에서는 지워져 버린, 애써 잊으려고 노력해 왔던 단어 중 하나였다.

엄마는 아빠에 관해 물으면 멀리 외국에서 일하고 있다고만 할 뿐, 내게 어떤 설명도 덧붙이지 않았다.

"아빠가 진짜 있기는 한 거야?"

나는 사진 한 장 없는 아버지의 존재에 대해 의심을 품었다. 집요하게 아버지에 관해 묻는 나를 큰누나는 방으로 데리고 들어갔다.

"우리를 버리고 간 사람이야."

누나는 단호한 어조로 그렇게 말했다.

버리고 떠났다는 말이 어린 나이에는 이해하기 어려웠다.

아버지가 없을 뿐이지, 우리 집은 다른 친구들의 집에 비해 과하다 싶을 정도로 유복했고, 경제적으로 부족함이라는 걸 한 번도 느껴본 일이 없다.

친구들도 나를 아버지가 없다는 이유로 무시하거나 괄시하지는 않았다. 다만 친구들이 나랑 같이 어울려서 노는 걸 그들의 부모가 싫어하는 눈치는 느낄 수 있었다.

나랑 가까이하는 걸 부모들이 불편해했던 건, 우리 엄마가 운영하는 술집 때문이었다.

대전 시내에서 유명한 단란주점을 세 곳이나 운영하고 있었기에 평범한 부모의 시각에서는 멀리하고 싶은 게 당연했던 건지도 모르겠다.

덕분에 나는 여자들 주변에 둘러싸여 있는 것을 어린 시절부터 당연한 일처럼 여겼다.

집에는 수시로 엄마 가게에서 일하는 누나들이 드나들었고, 항상 밥을 같이 먹었다. 술에 취해 가끔 집으로 온 누나들은 나를 곰 인형 정도로 생각했는지, 옆에 두고 껴안고 자려고 했다.

술 냄새를 풀풀 풍기는 여자의 품에서 자는 건 썩 유쾌한 일이 아니었다. 어느 정도 성에 대해 눈을 떴을 때는 가끔 흥분이 되기도 했지만, 그래도 기분 좋은 기억이 아닌 건 확실하다.

큰누나는 엄마가 가게에서 일하는 누나들을 집으로 끌어들이는 것에 대해 극도로 민감한 반응을 보였다.

작은누나는 궁금증이 많고 성격이 활발해서 그런지, 술집 누나들과 주말이면 쇼핑도 함께 나가곤 했다.

"언니들이랑 같이 나가면 무지 재밌다."

작은누나는 누나들과 밖으로 나갔다고 온 날은 외출한 감상을 이렇게 전하곤 했다.

"어울리지 말라고 했잖아!"

큰누나는 혀를 차며 같이 어울리지 말라고 엄포를 놓곤 했다. 그러나 집에서 가장 힘없는 큰누나의 말을 누가 들을까.

우리는 큰누나가 그러거나 말거나, 가게 누나들과 주말에는 놀이동산을 가기도 하고 맛있는 음식점을 찾아가기도 하며 친하게 지냈다.

엄마는 우리에게 시간을 내어주기보다는 돈으로 보상해주는 타입이었다.

초등학생인 내게 만 원짜리도 척척 내어주며, 하고 싶은 게 있다면 하고 들어오라고 했다.

돈이 많다는 건 아이들 사이에서 인기의 척도가 되기도 한다. 나는 애들이 먹고 싶은 것도 사주고, 오락도 시켜주며 인기를 쌓아 갔다.

그렇게 크게 행복하지는 않아도, 남부럽지 않은 나날을 보내고 있었다.

그러던 어느 날, 생면부지 남이 아버지라고 나타난 것은 얼마나 껄끄러운 일이었는지 말도 못 한다.

나는 지금으로도 충분한데 엄마는 아버지는 꼭 필요한 거라며, 재혼하는 당위성에 대해서 재차 강조했다.

아버지라는 작자는 집에 들어오자마자 우리 삼 남매를 쥐 잡듯이 잡기 시작했다.

그가 우리를 조련하는 방법은 바로 폭력이었다.

인사를 하지 않는다는 이유로, 불러도 대답을 하지 않는다는 이유로, 늦게 들어왔다는 이유로, 중학생이었던 나와 여자인 누나들을 무차별로 폭행했다.

거기다 성격이 얼마나 불같은지, 누나들이 대들기라도 하면 바로 얼굴로 손바닥이 올라왔다.

"경찰관이 저래도 되는 거야?"

나는 그때야 비로소 아버지라는 이름으로 굴러들어온 작자의 직업이 형사라는 사실을 알게 되었다.

그것도 강력반에서 깡패를 전담으로 맡고 있다고 했다.

나는 엄마가 가게에서 만난 깡패와 같이 살림을 차린 것으로만 알았는데, 형사라니 어이가 없을 따름이었다.

나는 경찰과 술집 사장의 다소 접합점이 없는 만남이 어떻게 이뤄질 수 있는지 어린 나이에는 알지 못했다. 하지만, 나이가 들고 이곳 가게에서 일하게 되면서 경찰과의 은밀한 관계 유지는 유흥주점을 하는 사람이라면 꼭 필요한 일이라는 걸 알게 되었다.

아버지. 그 인간의 폭력은 시도 때도 없이 이뤄졌다.

더 황당한 건, 술도 마시지 않으면서 폭행을 가하는 것이었다. 그 폭력의 수위가 심해질 때는 집으로 협박 전화가 걸려오는 순간이었다.

“칼을 들고 오든, 도끼를 들고 오든 마음대로 해봐. 왜? 무서우면 내가 찾아가고.”

호탕하게 죽일 테면 죽여보라는 식으로, 감방에 넣었던 범죄자들의 전화를 받고는 태연한 척했지만, 실은 그도 무서웠던 것이다.

그런 날이면 괜한 트집을 잡아 우리에게 폭행을 가했다.

갑자기 나타나 우리 가족을 붕괴시키려는 범죄자도 무서웠지만, 더 화가 나는 건 엄마의 행동이었다.

“애들한테 적당히 좀 하세요.”

미온적인 태도만 보이며 적극적으로 말리려는 모습을 보이지 않았다.

마치 다른 배에서 나온 자식들을 대하듯, 우리가 맞고 있으면 방으로 쏙 하고 어느새 사라져 버렸다.

"저는 피곤해서 먼저 잘 테니까. 적당히 하고 방으로 들어오세요."

엄마는 무슨 생각이었을까. 나를 때리는 앞에 있는 남자보다 엄마의 행동에 화가 더 치밀었다.

든든한 내 편이 사라졌다고 느꼈을 때, 이대로 계속 맞다가는 죽겠다고 느꼈을 때, 작은누나가 먼저 가출을 감행했다.

운도 지지리 없지. 계부가 형사라 그런지, 나갈 때마다 작은누나는 며칠 되지 않아 잡혀 들어왔다. 그리고 또다시 타작이 이뤄졌다.

남자의 폭력을 관망하듯 보고만 있던 엄마가 말리고 나서는 일이 있었다.

"내가 이 년 머리털을 다 밀어버릴 거야."

그는 손에 가위를 들고 누나의 머리채를 손에 쥐었다.

"여자한테 머리는 생명인데, 그걸 자르면 어떡해요."

엄마는 육탄 방어를 하다시피 남자를 막아섰다.

술집을 해서 그런지 몰라도 엄마는 여자든, 남자든 외모가 중요하다고 입버릇처럼 말하곤 했다.

초등학교 때부터 얼굴에 로션이며, 선크림을 꼼꼼하게 바르도록 엄마가 지시한 습관은 여전히 남아 있다. 그게 화류계에서 일하는 데 이토록 도움을 줄 수 있는지, 그때는 미처 알지 못했다.

"다음에는 서울로 가버릴 거야."

누나는 집으로 잡혀 올 때마다, 서울로 갈 거라며 이를 갈았다. 진짜 서울로 갔는지, 아니면 더 먼 외국 어디론가 갔는지, 어느 날인가 누나는 남자의 손에 더 이상은 끌려오지 않았다.

작은누나가 집을 나가고 보름이 지나서 나도 가출하기로 결심했다.

누나와 양분해서 이뤄지던 폭행이 내게만 집중적으로 이뤄졌고 더는 견디기 힘들었다. 착실하고 말 잘 듣는 큰누나는 맞을 일이 없으니, 폭행은 내게만 행해졌다.

작은누나와는 헤어지고 7년이 지났을 무렵, 내가 이십 대 초반이었을 때 연락이 됐다. 어떤 기시감이 들어서였을까. 확인하지 않던 메일을 그날따라 보고 싶다는 생각이 들었다.

컴퓨터는 내게 있어서 인테리어 소품과도 같은 것이라고 느껴질 정도로 잘 사용하지 않는 도구였다. 단순히 방 안을 채우는 도구에 불과하다는 생각이 강했다. 주변에서 다 하는 게임도 하지 않았고, 인터넷을 이용한 쇼핑도 하지 않았다. 컴퓨터 앞에 앉아 있는 시간이 덧없이 아깝다고 생각했다.

왜 그랬는지, 지금도 정확히 설명할 수는 없지만, 그냥 메일을 한번 확인해보고 싶다는 생각이 들었다.

가입된 사이트도 별로 없으니, 메일을 발송해 온 곳도 한정적이었다.

메일을 보낸 사람 이름에서 낯익은 글자를 발견했다. 작은누나가 보내온 메일이었다. 그것도 세 통이나 도착해 있었다.

나는 천천히 누나가 보낸 메일을 확인했다.

떨리는 손으로 누나가 보낸 메일 제목을 클릭했다. "잘 지내고 있니?"라고 시작하는 문장에서 누나 특유의 경쾌한 분위기가 물씬 풍기고 있었다.

누나는 예상치도 못한 곳에서 지내고 있었다.

우리 집과 몹시도 가까운 거리에서 누나는 살고 있었다. 걸어서도 몇 분 안에 도착할 수 있는 곳이었다. 지나치다 우연이라도 한 번 보지 못한 게 신기할 정도였다.

나는 곧장 누나가 남긴 연락처로 전화했다.

"생각보다 일찍 봤네."

내가 알던 누나의 목소리가 아니었다. 삶의 고단함이 묻어 있는 까칠하지만, 특유의 애교가 섞여 있었다.

그날 저녁 누나와 만날 약속을 하고 전화를 끊었다.

"제법이야. 이런 곳도 예약할 줄 알고?"

누나를 만나기 전에 고급 일식집을 미리 예약해놨다. 손님들과 몇 번 들렀던 곳이었다.

"그래도 다행이다. 생각했던 것처럼 못생겨지지는 않아서."

누나는 호쾌하게 웃었다.

나를 빤히 바라보며 오랜만에 만난 감상에 대해 솔직하게 털어놨다.

여자들 앞에서 평가받은 일은 많았지만, 가족에게, 그것도 7년이 넘는 세월 만에 만난 누나에게 이런 평가를 듣게 되니, 이상한 기분이 들었다.

"피는 속일 수 없나 봐."

누나도 나와 같은 화류계 일을 하고 있었다.

"뭐, 집을 나와서 우리가 선택할 수 있는 일은 몇 개 없었을 테니까. 어쩌면 운명인지도 모르지. 아니면 엄마 영향을 우리가 너무 많이 받은 거거나."

우울한 기분이 들었다.

나는 괜찮지만, 누나도 웃음을 팔고 마시기 싫은 술을 마신다고 생각하니 가슴 한쪽이 아려왔다.

"그런 표정 지을 필요 없어. 계속 그 집에 있었다가는 그 남자가 감옥에 가든, 아니면 우리 중에 누가 감옥에 갔을 테니까. 어떻게 버티고 계속 살 수 있겠어. 누구든 하나는 죽어 나갔겠지."

묘하게 공감이 되는 말이었다.

누나는 큰누나와 엄마와도 연락했던 모양이었다.

"엄마는 아직도 정신을 못 차리나 보더라. 그런 미친놈이 어디가 마음에 든다고. 왜 같이 사는지 이해가 안 간다니까.”

누나의 말에 따르면 엄마는 그 남자와 아직도 붙어서 지내고 있는데, 꽤 잘 지내고 있는 모양이었다. 가게도 몇 개 더 늘렸다고 하니, 경제적으로는 여전히 풍족하게 지내는 것 같았다.

“그래도 다행이네.”

나는 숨을 뱉으며 말했다.

행여나 뭔가 잘못되지 않았을까 내심 걱정하곤 했다.

그래서 가족들 생각이 나면 애써 떠올리지 않기 위해 애를 쓰고, 내게는 존재하지 않았던 사람처럼 행동하고는 했다.

“큰누나는 어떻게 지내는데?”

“너무도 잘.”

“너무도 잘 지낸다는 건 어떻게 지낸다는 건데?”

“조카 사진 보여줘?”

사진 속의 큰누나는 갈색 눈동자를 가진 서양 남자와 아이 하나를 안고 있었다.

“미국에서 살고 있어.”

“어쩌다가?”

“버티고 버티다가 유학을 간 거지. 언니도 참 대단한 사람이야. 벗어나는 방법을 자기 나름대로 찾은 거니까. 우리처럼 극단적이지 않고, 세련된 방식으로 자기만의 스타일대로 말이야.”

누나가 너무도 경쾌하게 말했기에 웃을 수밖에 없었다.

"제임스래. 귀엽지 않니?"

"큰누나 만나본 적 있어?"

"어머. 나 비행기 아직 한 번도 안 타봤어. 언니는 한국에는 절대 오고 싶지 않다고 하고."

"누나도 질린 거겠지."

작은누나의 성화에 못 이겨 큰누나와 통화했다.

가족이라는 건 이런 걸까. 통화하며 계속해서 그런 생각이 들었다. 처음의 긴장감과는 달리, 통화하면서 느긋해지는 기분이 들었다.

내가 원래 통화를 해야 하는, 같이 대화를 나눠야 하는, 내가 있어야 할 곳을 찾은 것만 같은 생각이 들었다.

"우리 앞으로 석 달에 한 번은 보자."

계산대에 서서 누나는 손을 내밀었다. 작은누나와 손을 맞잡고 있자니 많은 세월이 흘렀다는 기분이 절로 들었다.

누나는 언제 했는지, 미리 계산을 해놓은 상태였다.

"내가 계산하려고 했는데."

"자나 깨나 여자 조심하고."

내가 한 말에는 대꾸도 하지 않고 자기가 하고 싶은 말만 한다. 예나 지금이나 누나는 변한 게 하나도 없다.

"이거 받아."

작은누나는 문밖에서 흰 봉투를 주며 말했다.

"이건 왜?"

"필요할 때 쓰라고. 괜한 자존심 세우지 말고."

나는 멍하니 봉투를 보고 있었다.

"무슨 일 생기면 연락해."

"고마워."

나는 무뚝뚝한 중학생 동생으로 변해 있었다.

사람들 앞에서는 그토록 살갑게 말하는 재주를 갖고 있으면서도 가족 앞에서는 사춘기 남자아이로 돌아와 있었다.

예전에는 그렇게 죽일 듯이 싸웠던 누나와 동생 사이였는데, 이제는 서로를 위해주고, 마음을 보듬어주려 애쓴다니. 울컥 가슴이 벅차오르는 기분이 들었다.

누나가 어디론가 전화를 걸자, 검은색 세단이 우리 앞으로 왔다.

누나는 차에 올라타며,

"그래도 멋지게 자라서 다행이네."

씽긋 미소를 지었다.

나는 미끄러지며 앞으로 나가는 차를 뒤에서 멍하니 봤다.

빨간색 브레이크 등이 밝게 들어오더니, 누나가 다시 차에서 내렸다.

"뭘 그렇게 멍청하게 있어."

누나는 나를 가리키고 깔깔거리며 다시 차에 올랐다.

"바보야, 남자 조심하라고. 엄마 꼴 나지 말고."

나는 미처 하지 못했던 말을 작게 말했다.

***

결단을 내렸다면, 실행에 옮기는 것이 중요하다.

나는 성격이 급한 편은 아니었지만, 결정을 내리면 행동으로 실천하는 데까지는 오래 걸리지 않았다.

'집을 반드시 나간다.'

중학교 2학년, 여름 방학에 가출하기로 했다. 엄마는 1년간 작은 누나를 열심히 찾았다.

밤마다 누군가와 통화를 했고, 가게를 열지 않는 일요일이면 아침 일찍 나갔다가 밤늦은 시간이 돼서야 돌아왔다.

작은누나의 행방을 찾기 위한 고군분투가 아니었나 싶다.

엄마는 1년이 지나고 나서야 어떻게든 잘 살고 있으면 되는 거라며, 자신을 합리화하기 시작했다.

작은누나에 대한 아픔이 서서히 지워질 무렵, 나는 이제 집을 나가도 되는 시점이 찾아왔다고 생각했다.

그 남자의 폭행에 이미 내성이 생겼다고 생각해보려 했지만, 폭력이라는 건 익숙해질 수 없는 법이다.

게슴츠레한 눈으로 나를 바라보거나 무언가 말하려 입술을 씰룩거리기만 해도 그렇게 무서울 수가 없었다.

나는 선량한 학생인 양 집 안의 모든 사람을 속이며 생활했다. 내가 착실한 모습을 보이자 폭행하는 횟수는 현저히 줄어들었고, 이쯤 하면 같이 살 만할 수도 있겠다 싶었다.

그런데, 그런 생각도 잠시였다. 그 남자는 또다시 범죄자의 전화라도 받았는지 예민하게 굴기 시작했다.

식사 자리에서 쩝쩝거리며 음식물 씹는 소리를 낸다며 불같이 화를 내기도 했고, 화장실을 오래 쓴다며 말도 안 되는 트집을 잡기도 했다.

내가 정말 바보 같았다.

이런 남자와 같이 살 수도 있다고, 안일하게 생각한 내가 멍청했던 것이다.

나는 여름방학 방학식을 마치고, 그동안 머릿속으로만 구상했던 일을 실천에 옮기기로 했다.

일기장에는 남자와 같이 살 수 없는 이유에 대해 나름대로 정리해서 글을 써놓은 참이었다. 단순히 사춘기 중학생의 철부지 어린 행동으로 보이고 싶지 않은 마음이 컸다.

나는 일기장에 "나도 잘못이 있다. 그런데도 나는 버티고 바꾸어보려고 노력했다. 하지만 엄마와 남자는 변할 생각을 하지 않았고, 나는 이곳을 떠나기로 마음을 먹었다."라고 글을 썼다.

이어서 이건 누구의 잘못도 아니고, 단순히 서로를 이해할 수 없는 물과 기름 같은 존재라 발생한 일이니 우리에게는 불행한 일이지만, 어쩔 수 없는 일이라고 적었다.

마지막 단락에 "죄송하다."라는 말을 쓸지, 말지를 두고 한참을 고민했다. 고민 끝에 죄송하다는 말은 쓰지 않기로 했다.

이렇게 가출하겠다는 계획은 완벽하게 세워놨지만, 행여나 일이 잘못돼서 집으로 돌아오게 된다면, 내가 다 잘못한 일처럼 가족들이 여기는 게 싫었다.

어떻게라도 서로가 잘못했다고 인정시키고 싶은 마음이 컸다.

나는 일기장을 침대 위에 올려놨다. 혹시나 책상 위에 올려놓는다면 못 보고 지나칠 수 있을 우려가 있었기 때문이다.

전날 미리 챙겨놓은 가방을 들고, 아래층으로 내려갔다.

안방 앞에서 백팩을 내려놓고 방 안으로 들어갔다. 오후에는 집에 사람이 없기는 하지만, 누군가 들어올 수도 있는 일이다. 가방까지 메고 안방으로 들어갔다가, 가족 중 누군가와 마주치기라도 한다면 난감해질 수밖에 없다.

나는 안방 끝에 있는 장롱으로 갔다.

장롱을 열고 옷을 젖히자 안쪽에 예물이며, 현금다발이 있는 게 보였다. 예전부터 이곳에 엄마가 돈이며 귀중품을 숨긴다는 사실을 알고는 있었지만, 손을 댄 적은 한 번도 없었다.

나는 손에 잡히는 대로 현금을 들고 방을 나왔다. 미리 열어 둔 가방 안에 돈을 넣었다. 심장이 두근거려 밖으로 튀어나올 것만 같았다. 누가 나를 보지는 않았을까 아무도 없는 집 안에서 주변을 두리번거렸다.

안방에서 돈을 가져나오는 데 성공했다. 집을 나가기에 앞서 세운 계획은 성공적이었다.

나는 준석이 집으로 전화를 걸었다.

"그래. 그럼 삼십 분 후에 대전 터미널에서."

작은누나가 끝도 없이 잡혀 왔던 터미널. 나는 지금 그곳에 앉아 있다.

그 남자가 나를 잡으러 오지는 않을까 하는 초조한 마음으로, 출입구만 바라봤다. 멀리서 준석이가 걸어오는 게 보였고, 나는 그 앞으로 달려갔다.

"늦었어. 빨리 가자."

나는 준석이에게 미리 끊어둔 인천행 버스 티켓을 건넸다. 버스에 올라타자마자 커튼으로 창문을 가렸다.

누군가 아는 사람 눈에 띄기라도 한다면 계획이 수포로 돌아갈 수 있기 때문이었다.

"너 진짜 괜찮겠어?"

나는 안쓰러운 눈으로 준석이를 바라봤다.

"나도 더는 있기 싫어."

준석이는 미련 따위는 전혀 없다는 표정을 지어 보였다.

"그래. 이제 여긴 다시 오지 말자."

가방을 열어 준석이에게 돈을 보여주자, 준석이는 놀라 입을 다물지 못했다. 어린 나이의 우리가 상상할 수 없을 정도의 큰 돈이었다.

"우리 둘이 잘할 수 있겠지?"

내가 묻자,

"당연하지. 돈도 있겠다, 무서울 게 뭐가 있어."

준석이는 가슴을 펴며 대답했다.

준석이는 나와 같은 이유로 가출을 선택했다.

집에서 이뤄지고 있던 가정폭력, 반항 한 번 제대로 하지 못하고 온몸으로 상처를 받아야 했던 공통점을 갖고 있었다. 다른 부분이 하나 있다면, 준석이 아빠는 술을 마셨을 때만 폭행을 가했다는 점이다.

술을 마실 때마다 폭행하는 사람과 기분이 나쁠 때마다 폭행을 가하는 사람. 과연 누가 더 잘못된 걸까. 우열을 가리기 힘든 부분이라고 생각했다.

준석이는 아빠가 소주를 사 오라는 심부름이 세상에서 가장 듣기 싫은 말이라고 했다. 술만 마시면 엄마가 집 나간 것을 준석이 탓으로 돌리는 아빠. 빨리 나가서 죽어버리라는 말을 서슴없이 했던 아빠를 보며 준석이는 무슨 생각을 했을까.

버스 의자에 몸을 기대고 눈을 감은 준석이의 얼굴에서 근심은 보이지 않았다.

누가 보면 무탈한 가정에서 아무런 걱정도 없이 자랐을 것 같은 얼굴을 하고 있는데. 가정사는 들여다보지 않는 이상 누구도 알 수 없는 법이다.

준석이와 나는 학교에서 친하게 지내는 사이는 아니었다.

짝이 된 일도 없었고, 서로 하굣길에 집으로 같이 간 적도 없었다. 같은 반에 저런 아이가 있었구나 정도로만 인지할 뿐이었다.

준석이와 나는 화장실에서 서로를 이해하게 됐다. 체육 시간이 끝나면 나는 화장실에서 체육복을 갈아입고는 했다.

등에는 선명하게 시퍼런 색의 멍이 들어 있었다. 누가 봐도 그건 폭력으로 만들어진 상처였다.

나는 그날도 어김없이 화장실로 갔다. 마지막 칸의 문을 벌컥 열었을 때, 안에서 준석이가 체육복을 갈아입고 있었다. 마침 상의를 갈아입고 있던 준석이의 등줄기에 남겨진 검붉은 멍 자국이 보였다.

물건을 던졌거나 빗자루 같은 물건으로 맞은 자국처럼 보였다. 동병상련이라고 할까. 많이도 맞아봤기에, 그 상처가 무엇을 의미하는지 누구보다 잘 알고 있었다.

갑작스러운 내 등장에 놀랐는지, 준석이는 내 가슴을 손바닥으로 밀고는 급하게 문을 닫았다.

'딸칵!' 하며 쇠 자물쇠가 잠기는 소리가 들렸다.

나는 준석이의 등에 있던 자국을 떠올리며 문 앞에 멍하니 서 있었다.

문을 열고 나온 준석이는 나를 보고는 잠시 멈칫하는가 싶더니, 아무렇지 않다는 듯 세면대에서 세수를 했다.

"나랑 얘기 좀 하자."

나는 어리둥절한 표정의 준석이를 데리고 매점 앞 등나무로 갔다.

한 번도 말을 해본 일이 없는 준석이와 마주하고 앉아 있으려니 무안한 기분이 들었다.

"잠깐만."

나는 초코우유와 빵을 사 와 준석이에게 건넸다.

"왜 그러는데?"

준석이는 내가 준 빵을 내려다보며 말했다.

"하나만 물어볼게."

평소 친구들 사이에서 활달하게 먼저 말을 거는 성격은 아니었기에, 나는 용기를 쥐어 짜내야만 했다.

"뭔데?"

준석이는 입술을 오물거렸다. 나도, 준석이도 긴장하고 있는 게 분명했다.

"집에서 때리는 사람 있니?"

질문에 준석이는 눈을 동그랗게 떴다.

"그걸 어떻게…."

숨기려는 태도는 전혀 보이지 않았다.

그렇게 같은 상처를 안고 있는 준석이와 나는 급속도로 친해졌고, 그야말로 단짝이라고 불리는 사이가 됐다.

아버지라고 불리길 원했던 그 남자도 준석이의 반듯한 외모와 단정한 품행이 마음에 들었는지, 다른 친구들과 어울릴 때와는 달리 별말을 하지 않았다.

몇 번 부모님이 무슨 일을 하는지 물어 오기는 했지만, 나는 그때마다 말을 가로막고 준석이를 방으로 데리고 들어갔다.

***

"우리, 그냥 나가버릴래?"

준석이가 집으로 놀러 왔을 때, 나는 그 남자에게 밟히고 있었다.

"이럴 거면 차라리 죽여요!"

바닥에서 발버둥을 치며 소리를 질렀고, 그게 기억의 마지막이었다.

내가 눈을 떴을 때는 침대 맡에 준석이가 앉아 있었다.

그의 폭행에 정신을 잃고 기절했던 것이다.

"이렇게 살다가는 우리 죽을지도 몰라. 정말로 죽을지도 모른다고."

준석이는 간절한 눈으로 나를 보고 있었다.

"지금은 안 돼."

나는 차분한 목소리로 말했다.

"지금은 왜 안 되는데?"

"이대로 나가면 금방 탄로 나고, 잡혀서 들어오면 더 힘들어질 거야."

나는 작은누나의 일을 예로 들어가며 설명했다.

"한동안 조용히 있다가 때를 찾는 게 나아. 그때까지 확실하게 나갈 수 있는 준비를 하는 게 중요하고."

준석이와 나는 여름방학 방학식을 기점으로 가출 날짜를 결정했다.

학교가 일찍 끝나는 날이었고, 늦게 들어가도 의심을 받지 않을 수 있다는 생각이었다.

이미 늦은 밤이 되었을 때 우리는 멀리 떠나고 없을 테니, 가족들이 찾으려고 해봐야 찾을 수 없을 것이다. 우리의 생각은 맞았고, 성인이 되고 나서도 가족들은 준석이와 나를 찾지 못했다.

세상 물정을 몰랐던 우리의 가출은 처음부터 성공적으로 이뤄지지는 않았다.

인천에 도착하자마자 여인숙을 찾았다. 여인숙이라면 아무리 중학생이라도 쉽게 방을 내어주리라는 생각이었다. 그렇게 인천에만 도착하면 모든 해결될 줄 알았는데, 실제로는 여인숙 하나 찾는 것만 해도 쉬운 일이 아니었다.

대전 촌놈들이었지만, 들은 건 있었다. 바로 월미도가 유명하다는 것.

우리는 택시를 타고 월미도로 향했다. 이미 오후 여덟 시가 넘은 시간이었다. 우리는 길거리 포장마차에서 파는 음식을 마구잡이로 먹기 시작했다. 어느 정도 배가 부르고 나니, 오늘 잠을 잘 곳이 걱정됐다.

우리는 벤치에 앉아서 오가는 사람들을 시선으로 쫓았다.

서로 말하지는 않았지만, 우리의 가출이 과연 잘한 짓인지, 준석이도 나처럼 고민하는 듯 보였다.

앞으로 지나가는 사람들은 하나 같이 행복해 보였고, 우리같이 멍청한 고민은 전혀 없는 듯 보였다.

"잠깐만."

나는 준석이를 두고 앞에 있는 편의점으로 들어갔다.

"저리로 가자."

나는 준석이를 끌고, 한쪽 골목으로 갔다. 주머니에서 담배와 라이터를 꺼내자 준석이는 당혹스러운 시선을 보냈다.

"이게 뭐야?"

"이제부터 우린 우리가 책임져야지. 어른이 되자는 기념에서."

열다섯, 우리는 처음으로 담배를 피웠다.

눈에서는 눈물이 흘렀고, 매운 기운이 코로 스며들어 폐를 콕콕 쑤시는 것 같았다.

"이걸 피면 어른이 되는 거야?"

준석이는 마른기침을 뱉어내며 말했다.

"담배를 팔았다는 건 나를 애로 보지 않는다는 소리기도 하니까."

"그렇게 되나?"

준석이는 두 번째 담배를 다시 물었다.

기침하면서도 열심히 담배를 피웠다.

"이런 걸로 어른이 될 수 있다면 진짜 좋겠다."

쪼그려 앉아서 준석이를 올려다봤다. 가로등 빛을 따라 그늘진 얼굴에는 수심이 가득해 보였다.

"너희, 담배 처음이구나."

발랄한 여자 목소리가 귓가로 들어왔다.

나는 담배꽁초를 바닥에 비비며 몸을 일으켰다.

"그렇게 피우면 무슨 맛이니."

여자는 두 명인 줄 알았는데, 뒤에 한 명이 더 있었다.

"무슨 상관인데."

내가 그렇게 말하자, 여자애들은 "호호호." 하며 같은 호흡으로 웃었다. 오랫동안 같이 지내서인지, 웃는 소리도 비슷해 보였다.

말을 붙인 여자애는 노란색으로 머리를 염색하고 있었다. 말투나 목소리로 봐서는 또래일 것 같은데, 화장을 진하게 해서 가늠이 되지 않았다.

"같이 노래방 안 갈래?"

준석이와 나는 외모 면에 있어서는 빠지지 않는 편이었다. 사람들은 내게 차가워 보인다고 말하곤 했고, 준석이는 반듯하게 귀티가 나게 생긴 얼굴이라고 평가했다. 여자들의 관심이 낯설기만 한 것은 아니었다.

순간적으로 준석이와 눈이 마주쳤다. 준석이의 눈동자는 떨리고 있었고, 내가 결정을 내려야만 할 것 같았다.

"늦었는데 갈 수 있는 데가 있어?"

당당하게 말하려고 했지만, 이미 그들의 거리낌 없는 태도에 어느 정도 주눅이 든 상태였다.

"알지도 못하면서 가자고 할까 봐?"

여자애들은 또다시 서로의 얼굴을 보고 까르르 웃었다.

여자들을 따라 노래방으로 갔다.

그들 역시 가출해서 방황하는 십 대 청소년이었고, 우리와 상황이 별반 달라 보이지 않았다.

노래방에서 나와 여자애들이 지내고 있다는 빈 건물로 들어갔다. 한창 재개발 중인 지역이라 그런지, 불이 켜져 있는 집은 별로 보이지 않았다.

방 한쪽에는 촛불이 놓여 있었고, 먼지가 쌓인 이불이 보였다. 여기저기 과자봉지며 컵라면 용기가 나뒹굴고 있었다.

"왜 여기서 지내?"

이토록 열악한 환경에서 여자 셋만 지낸다는 게 이해가 되지 않았다.

호호호, 노란 머리 여자는 큰 소리를 내서 웃고는,

"돈이 없으니까 지내지."

나를 한심하다는 표정으로 바라봤다.

"돈이 있으면 잘 곳은 구할 수 있고?"

"그럼. 돈이 있는데 잘 데가 없을까 봐?"

"안내해. 돈은 우리가 낼 테니까."

"정말이지?"

"거짓말을 할까 봐?"

우린 여자애들이 알고 있다는 여관으로 갔고, 거기서 같이 생활을 시작했다.

***

집에서 들고나온 돈은 얼마 지나지 않아 금세 떨어졌다.

다섯이서 함께 지내는 생활은 생각보다 돈이 많이 들었다. 편의점에서 유통기한이 지난 음식을 먹는 것도, 김밥으로 끼니를 때우는 것도 한계가 있었다.

가장 큰 비용으로 지출하는 건 여관비였다.

이 생활을 유지하기 위해서는 어떻게든 돈을 벌어야만 하는 상황이었다. 그렇다고 해서 가출 청소년들이 흔히 벌이는 범죄는 하고 싶지 않았다.

범죄를 저질렀다가는 집으로 잡혀갈지도 모른다. 집으로 돌아가지 않기 위해서는 함부로 행동해서는 안 됐다. 또 하나, 희연이가 그 이유 중 하나였다.

나는 여자 무리 중에서 노란색으로 머리를 물들인, 희연이와 연애를 하고 있었다. 어린 남자애가 어디서 그런 마음이 들었는지 모르겠지만, 어떻게든 내 여자만큼은 일을 시키지 않고 싶었다.

그러나 중학생 남자가 할 수 있는 일이라고 해봐야 한정적이었다.

다행히 준석이와 나는 또래보다 성숙해 보이긴 했지만, 그렇다고 해서 미성년자 이미지를 벗을 수는 없었다.

"그럼, 우리 이렇게 해보는 건 어떨까?"

매일 같이 방에서 뒹굴며 돈을 벌 수 있는, 그것도 아주 쉽게 벌 수 있는 일에 대해 구상하고 있었다.

그때 희연이가 낸 아이디어는 꽤 참신한 것이었다.

"너희 둘은 외모가 되니까, 분명 여자애들이 좋아할 거야."

희연이는 길에서 여자를 꼬셔서 노래방에 데리고 가라고 했다. 그리고 적당한 때를 봐서 지갑을 들고 밖으로 도망치라는 것이었다.

범죄는 저지르지 않겠다고 다짐했지만, 이미 가진 돈은 바닥을 드러내고 있었고, 다른 선택지는 없었다.

우리는 대학생으로 보이는 여자들을 상대로 말을 걸기도 했고, 고등학생들에게 말을 걸어 노래방에 가기도 했다.

그런데 다른 사람의 지갑을 들고 밖으로 나오는 건 생각했던 것처럼 만만한 일이 아니었다. 다들 지갑을 들고 화장실을 왔다 갔다 하는 바람에 기회를 포착하기가 어려웠다.

그래서 바꾼 방법이 같이 술집으로 가는 것이었다.

아무래도 술에 취하면 상황 분별력이 떨어질 것이라는 게 희연이 생각이었다. 고등학생들을 꼬시면 공원에서 적당히 소주를 마시며 분위기를 띄워줬고, 대학생 누나들과는 소주방에 갔다.

처음에는 화장실을 간 틈을 타서 몇만 원씩 돈을 챙겼지만, 나중에는 제법 대담한 행동으로 이어졌다.

카드를 몰래 챙겨서 가게 앞에 있는 희연이 무리에게 카드를 건네면, 먹을 걸 사놓고는 했다.

이걸로 차츰 생활고는 나아지기는 했지만, 같이 술을 마신 여자들과 길거리에서 때때로 만나는 바람에 난감한 상황을 맞이하기도 했다.

아마도 그때 내가 가진 본능에 눈을 뜬 건지도 모르겠다.

대다수의 여자가 내게 호감을 느꼈고, 내가 말을 걸면 호의적으로 받아들여 주곤 했다.

내 얼굴은 나쁘지 않았다. 아니, 여자들이 좋아하는 얼굴이라는 사실을 깨닫는 데는 그리 오래 걸리지 않았다.

인천에서 서울로, 서울에서 다시 의정부로, 우리는 2년 넘게 떠돌아다니며 시간을 보냈다. 아무래도 서울은 자리 잡기가 힘들었다. 물가도 비쌌으며 우리 같은 가출 학생을 받아주는 여관도 찾기 힘들었다.

잠을 잘 곳이 없으면 공원 화장실에서 잠을 청하기도 했고, 역 주변에 있는 포장마차 비닐 안으로 몰래 들어가 잠을 자기도 했다.

가출을 하고 일 년이 지났을 무렵에는 희연이와 헤어진 상태였다.

질투가 점차 심해지는 희연이의 등쌀을 이겨낼 재간이 없었다. 핸드폰이 없었던 나는 희연이의 핸드폰을 사용했다. 그때마다 연락하는 여자들에게 희연이는 민감하게 반응했다.

사실, 여자들을 이용하자고 제안한 건 희연이었다. 희연이는 단발적으로 돈을 훔치는 게 아니라, 여자들의 모성애를 이용하자고 했다. "집을 나와서 돈이 없다.", "밥을 사 먹을 돈이 없다."라는 핑계를 대며 여자들에게 돈을 착취하도록 뒤에서 지시했다.

웃긴 건 돈을 받아서 집으로 돌아오면 좋아하면서 그녀들과 만나러 나가는 동안에는 예민한 상태로 변했다는 점이다.

어디까지 성격을 맞춰줘야 할지, 도무지 감이 오지 않았다.

결국 희연이에게 지쳐버린 나는 준석이와 의정부로 향했고, 그곳에서 다시 우리만의 생활을 시작하기로 했다. 그리고 의정부에서 내 운명을 바꿀 일과 마주하게 됐다.

준석이와 나는 하던 아르바이트를 관두고, 어떤 일을 해야 할지 갈피를 잡지 못하고 있을 때였다.

그날도 공원을 어슬렁거리고 있을 때였다.

한 남자가 우리 앞으로 왔다.

말쑥한 차림의 남자는 다짜고짜 우리에게 말을 걸었다.

"가출했지?"

나는 별 말 없이 고개를 끄덕였다.

"하하하, 내가 이렇게 촉이 좋다니까. 근데 너희는 멀쩡하게 잘도 지내나보다. 깔끔하게 하고 다니네."

당연한 일이었다. 돈이 없어도 우리는 외모를 꾸미는 데 돈을 아끼지 않았다. 어떻게든 멀끔한 모습으로 보이기 위해 애썼다. 돈이 없는 와중에도 왁스와 로션은 꾸준히 사서 발랐다.

"왜 그러시죠?"

한껏 경계하는 눈을 하고는 남자에게 말했다.

"잠잘 곳은 있고?"

소심한 준석이는 별다른 말을 하지 못하고 옆에서 가만히 있었다.

"그러니까, 왜 그러는데요."

"너희 보니까 옛날 생각이 나서. 일 하나 시켜볼까 하고."

"무슨 일이요?"

호스트바에서 웨이터를 하는 일이었다. 워낙에 불법적으로 이뤄지는 일이다보니, 미성년자를 고용해도 별다른 문제가 없는 듯했다.

남자는 나를 콕 꼬집어서 말했다.

"너는 웨이터를 하는 게 좋겠고, 너는 주방 보조를 하는 게 어때?"

잘 곳이 없었던 우리가 무언가를 가릴 처지는 아니었다.

또 공원 어딘가에서 웅크리고 자기는 싫었다.

잠자리도 해결해주겠다는 남자를 따라서, 차로 10분 거리에 있는 골목에 자리한 빌라로 갔다.

담배 연기로 자욱한 공간에는 여러 명의 남자가 속옷만 입은 채로 카드를 치고 있었다.

"같이 일할 애들이야."

남자는 방으로 우리를 밀어 넣었고, 그때부터 화류계 생활이 시작됐다.

어려울 건 없었다.

어디서 자야 하는지 고민하는 일보다 훨씬 편했다. 시키는 일만 잘하면 팁을 두둑하게 받을 수 있었고, 더는 먹고 자는 걱정은 하지 않아도 됐다.

웨이터에서 선수가 되는 일은 어렵지 않았다.

"꾸며놓으니까, 네가 제일 낫네."

우리를 가게로 데리고 온 남자는 유달리 나를 편애했다.

"형은 이름이 뭐예요?"

"그냥, 형이라고 불러."

자신의 이름도 알려주지 않으려는 미스터리한 남자였다. 그러나 이 역시 별로 상관없었다. 나한테 잘해주는 사람이 있으면 이용하는 것이 좋다는 것쯤은 이미 깨달은 상태였다. 길에서 배운 배고픈 설움은 더는 느끼고 싶지 않았다. 이미 몸도, 마음도 시들어 버린 상태였다.

19살, 생일이 지나는 날, 나는 남성 접대부로 생활하기 시작했다. 웨이터 시절부터 나를 예뻐했던 누나들이 나를 찾아줬다.

“어머, 드디어 일 시작한 거야? 내가 이 날을 얼마나 기다렸다고.”

기분 좋게 나를 찾아주니, 이보다 고마울 데가 없었다.

한 명, 두 명 관계를 맺다보니, 어느새 단골이 늘어나기 시작했다.

내가 매일 밤 여자들과 알코올에 취해서 허우적거릴 때, 준석이는 검정고시를 준비하고 있었다. 중학교 졸업을 시작으로 고등학교 검정고시를 준비하는 상태였다.

“대학교에 가고 싶어. 이렇게 살 수는 없으니까. 나도 사람답게 살고 싶어.”

준석이는 주방 보조로 일하며 심신이 많이 지친 상태였다. 이곳에서 지내는 사람들을 보고 있자니, 본인의 미래가 걱정이 됐으리라. 하루살이처럼 내일 없이 살아가는 사람들을 보며, 한심함을 느꼈을 것이다.

“해장 좀 해.”

준석이는 작은 테이블 위에 콩나물국을 차려주며 말했다.

나는 호스트로 일하기 시작하면서 준석이와 둘이서 한 방을 쓰기 시작했다. 가게에서 나를 찾는 손님이 늘어나자 배려를 해주기 시작했다. 10명이 넘는 남자들과 같이 방을 쓰다가 둘이서 사용하게 되니 천국이나 다름없었다.

"오늘도 밥 안 먹었구나."

국에 밥을 말아서 허겁지겁 입으로 밀어 넣었다. 이른 저녁부터 술만 마셨더니 속이 허전한 상태였다.

"진짜 대학이 가고 싶어?"

앞에 앉아 있던 준석이는 한층 더 마른 듯 보였다.

창밖에는 동이 트고 있었다.

햇살이 창으로 들어오자, 준석이는 자리에서 일어나 커튼을 쳤다. 그리고 맥주 한 캔을 앞으로 가져와서는, 꿀꺽꿀꺽 마셨다.

"당연히 가고 싶지. 상황이 되지 않을 뿐이니까."

준석이를 둘러싼 주변 공기가 무겁게 가라앉았다.

"그럼 내가 도와줄까?"

평소부터 하고 싶은 말이었다.

준석이도 호스트로 일하고 싶어 했다. 그러나 우리를 가게로 데리고 온 형은 단호하게 거절했다.

"준석이는 무거운 느낌이라 힘들어."

나는 되고, 준석이는 되지 않는 이유가 뭘까, 그 말뜻을 그때는 알지 못했다. 내가 보기엔 준석이가 나보다 더 깔끔하게 생긴 외모를 가지고 있다고 했다. 그런데 나는 되고, 준석이는 되지 않는다니.

시간이 지나고 나서야 왜 그런 말을 했는지 이해가 갔다.

준석이는 매사에 진지하게 생각하고 상황에 대처하는 성격이었다. 여자를 접대하는 호스트가 너무 진지하다는 건, 그들의 기분을 다운시키기에 충분했다.

나는 그날부터 준석이가 공부하는 데 들어가는 돈을 지원해주기로 했다. 준석이는 가게에서 주방 보조로 하던 일을 관두고 본격적으로 공부에 매달렸다.

오랫동안 공부에서 손을 떼고 지냈지만, 압도적인 공부 시간 덕분이었을까, 고입 검정고시를 20살이 되던 해에 통과했다.

그날은 서로 인사불성이 될 때까지 술을 마셨다. 준석이에게 도움을 줬다는 뿌듯함, 성취감이 타올랐던 시간이었다.

"이제 대학 가는 일만 남았네."

둘이서 조촐하게나마 자축했다.

준석이는 대입 학원에 다니기 시작했고, 그곳에서 연애도 시작했다.

돈이라는 건 참 무섭다는 생각을 그때쯤 했었던 것 같다. 내가 도와주는 돈으로 연애도 하고 공부도 하니, 왠지 속이 뒤틀리는 기분이라고나 할까.

나는 음지에서 열심히 돈을 버는데, 준석이는 양지에서 인간답게 살아가는 꼴이 보기 싫었다.

"네가 지금 연애할 때야?"

친구지만, 내가 우위에 있다는 건방진 생각에 빠져 있었다.

준석이는 그날로 연애를 그만두고, 공부에 몰입하기 시작했다. 그때만 생각하면 어찌나 미안했던지, 말도 못 한다. 그래도 결과적으로는 서울에 있는 4년제 대학에 붙었으니, 성공했다고 할 수 있지 않을까 싶었다.

대학교 입학식을 했던 날, 준석이는 그때 내가 했던 말 덕분에 정신을 차릴 수 있었다고 했다.

"난 그때 아마도 널 부모라고 생각했는지도 모르겠어."

"나도 미안해."

나 역시 때늦은 사과를 했다.

그날은 고입 검정고시를 통과했던 날 다음으로 많은 술을 마셨다.

사회인으로서 한 걸음씩 차근차근 계단을 밟고 올라가는 준석이가 부럽고 질투가 나면서도, 안도감이 들었다.

'나는 이미 너무 멀리 와버렸으니까.'

이제 되돌아갈 수 없는 길은 후회하지 않기로 했다.

***

"형, 오늘 장미 씨 예약했다고 하던데. 진짜 대단하다. 비결이 도대체 뭐야?"

"프로니까."

나는 연우의 말에 웃으며 대답했다.

"진짜 그 대답 지겹다!"

연우는 고개를 절레절레 흔들어 보였다.

장미란 여자는 내가 이곳으로 오기 시작하면서 단골이 되어 준 여자였다. 지금 살고 있는 오피스텔도 그녀의 도움으로 살 수 있게 됐다. 그녀는 남는 공간이 있다며, 불편하지 않으면 오피스텔로 와서 살아도 된다고 했다.

손님으로 온 여자의 호의는 먼저 의심하는 게 우리 쪽 일을 하는 사람들의 직업병 같은 것이다.

돈을 지불하면 어떤 식으로든 무엇이든 원하기 마련이니까. 하지만 장미 이 여자는 조금 달랐다.

내가 의심하는 눈초리를 보이자 그녀는 얼른 말했다.

"다른 뜻이 있는 건 아니에요. 그냥 편하게 지내면 좋을 거 같아서 하는 말이니까요."

실제로 장미는 오피스텔에 단 한 번도 찾아온 일이 없었다.

처음 한두 달은 고급스러운 오피스텔을 내어준 그녀가 언젠가는 찾아오리라고 생각했다.

혹시나 그녀가 올지 몰라서 잠금장치도 하나 더 달아놓은 상태였다. 과거에 선미와 있었던 일을 생각하면 이 정도 안전장치는 필요하다고 여겼다. 그러나 내 예상과 달리 그녀는 가게 밖에서 어떤 만남을 요구하거나, 행동을 바라는 게 없었다.

가끔 가게로 찾아와 지내는 데 불편한 것이 없는지 물어올 뿐이었다.

가게 직원들은 내가 뒤에서 그녀와 어떤 식으로든 접촉하고 있다고 의심하는 모양이었다. 그러나 실제로 그런 일은 없었고, 그들의 의심을 풀어주기 위해 일일이 해명하고 싶은 마음도 없었다.

딱히 많은 대화를 하지도 않았는데 그녀는 나를 처음부터 마음에 들어 했다. 내가 품고 있는 공기와 분위기는 누구도 쉽게 흉내 낼 수 없는 것이라며 극찬을 아끼지 않았다.

"분위기로만 보면 마흔이 넘은 남자 같기도 해."

장미는 내게 중년의 편안함, 어떤 식의 해탈함에서 올 수 있는 멋이 풍긴다고 설명했다.

일면 그녀의 말이 맞는지도 모르겠다고 생각했다.

나는 아주 어린 시절부터 내일 당장 사라져버릴 수도 있는 게 삶이라고 생각했다. 내게 주어졌던 것들을 한순간에 아주 손쉽게 날려버렸기에 들었던 감상인지도 모르겠다.

남들과 달라야 했던, 누군가의 눈치를 보며 살아야 했던 시간들. 손에 쥐고 있던 달콤한 사탕을 빼앗겼을 때 초연하게 행동하는 사람은 몇 없을 것이다. 나 역시 그랬다. 갑자기 상황이 틀어지고, 내게 시련이 다가왔을 때는 혼란스럽고 시련이 왔다고 생각했다. 버텨내고 견뎌내기 위해 노력해보기는 했지만, 나는 너무 어렸고 힘이 없었다. 상황에서 탈피해서 보지 않는 게 최선의 선택이라 생각했다.

검고 자그마했던, 볼품없이 외로웠던 지난날에 대한 상념에 빠져들었다. 연우가 손가락으로 옆구리를 쿡 하고 찌르지 않았다면 또다시 우울한 감상에 젖어 들어 있을 뻔했다.

"뭐해. 장미 누님 왔잖아."

문 앞에는 장미가 어정쩡한 자세로 서서 나를 보며 슬며시 미소 짓고 있었다. 검은색 원피스에 루즈한 스타일의 연회색 카디건을 걸치고 있었다.

나는 안쪽 바 자리로 그녀를 안내했다.

그녀는 자주 들리던 레스토랑의 셰프가 바뀌었다는 등, 쇼핑을 하러 갔다가 마음에 드는 옷을 발견했다는 등 본인의 얘기를 계속해서 들려주었다. 평소와 달리 꽤 수다스러운 그녀였다. 눈은 촉촉하게 물기를 머금고 있는데, 입가에는 미소를 잃지 않고 있었고, 행동은 과장되었다.

나는 적당히 동조하며, 그녀가 주문한 샴페인을 따라주었다.

"역시 샴페인은 거품이 맛있는 거 같아요."

그녀는 내가 따라주는 즉시 잔을 비웠다.

"오늘은 표정이 별로 좋지 않은 거 같으세요. 억지로 무리하지 않으셔도 돼요."

그녀를 향해 낮은 목소리로 말했다.

혹시라도 주변에 있는 누군가가 들을 수 있지는 않을까, 최대한 조심스럽게 말했다.

가게에서 일하는 데 필요한 게 하나 있다면 바로 눈치가 아닐까 싶다. 일반인이 생각하지도 못할 정도의 부를 축적한 사람이 들리는 곳이다. 그렇기에 사람들의 시선에 더욱 신경을 많이 쓴다.

우리 가게의 철칙 중 하나는 칭찬은 최대한 크게, 다른 손님들도 들을 수 있도록 알리는 것이 중요하다는 것이다. 또 하나는 손님의 약점은 드러내지 않고, 감추도록 하는 것이다. 보듬어주면서 최대한 티를 내지 않아야 한다.

나는 그녀의 검은 눈동자 뒤에 숨어 있는 심연의 그림자가 보이는 듯했다.

"오늘 괜찮으시면 안에서 한잔하시는 게 어떨까요?"

나는 프라이빗 룸을 가리키며 말했다.

"제가 오늘은 거기서 대접해드리고 싶어서요."

원래 룸으로 들어가려면 최소 돔페리뇽 두 병은 주문해야 했고, 예약하지 않으면 들어갈 수 없다.

또한, 돈이 많다고 해서 들어갈 수 있는 곳이 아니었다. 특히 방은 은밀한 일들이 이뤄질 수 있기에, 소위 말하는 진상은 아무리 많은 돈을 지불한다고 해도 마담 형은 절대로 룸을 내어주지 않았다.

손님들이 가게의 눈치를 보고 또, 최대한 매너를 지키려고 하는 것은 이러한 규칙이 존재하기 때문이 아닐까 싶다.

"그러지 않아도 괜찮아요."

여자는 그렇게 대답했지만, 본심과 다르다는 건 당연히 알고 있었다.

나는 마담 형에게 가서 비어있는 방을 써도 되는지 물었다. 마담 형은 잠깐 힐끗 장미를 보더니, 편한 대로 하라고 했다.

나는 그녀를 룸 안으로 안내했다.

"진짜 안 그래도 되는데."

장미는 소파에 앉으며 말했다.

"오늘은 제가 한 잔 사드리고 싶어서요."

"진짜 괜찮은데."

장미는 고개를 숙이더니, 갑자기 눈물을 쏟아냈다. 나는 당황해서 어떤 말을 해야 할지 몰라 멈칫했다.

문이 열리고, 트레이 위에 술을 가지고 연우가 들어왔다.

"연우 씨. 잠시만요."

나는 일어나 문을 닫으며, 연우를 밖으로 밀어냈다.

"고마워요."

장미는 잠시 고개를 들어서 내 얼굴을 보더니, 다시 고개를 숙였다.

"모두가 당신 같으면 좋을 텐데. 왜 다들 몰라주는 걸까요."

그녀가 우는 모습은 처음이었다.

나는 그녀의 옆으로 가서 앉았다.

작은 등 위로 손을 올리고, 아주 천천히 위아래로 토닥거려주었다. 오르락내리락하는 등줄기, 거친 호흡이 곧 잠잠해지는 것처럼 느껴졌다.

나는 앞에 있는 티슈를 삼각형으로 접어 그녀에게 건넸다.

"어쩜 그리도 사람 마음을 잘 아는지. 내가 이래서 신효 씨를 자꾸 찾아오게 되나 봐."

"잠시만 기다려 주세요."

나는 바 안으로 들어가 그녀를 위해 칵테일을 준비했다.

블루사파이어 칵테일을 그녀에게 건넸다.

"오늘의 파란 눈물이 보석처럼 빛나는 내일을 만들어 줄 거예요."

"신효 씨가 그렇게 오글거리는 소리도 할 수 있네요."

장미는 소리를 내며 웃었다.

그녀와 나는 별다른 말 없이 술을 홀짝였다. 잔이 비면 요령껏 채워 주었고, 그녀의 템포에 맞춰 술을 마셨다.

"신효 씨는 어떤 삶을 살았는지 참 궁금하네요."

이어 그녀는 기분 나쁜 질문이었다면 미안하다고 말했다.

어떤 삶을 살았을까. 나 스스로 나 자신에게 물어봤다. 씁쓸한 기분이 들어서 억지로 미소를 지어 보였다. 입꼬리를 가까스로 올렸다.

"남들과 별만 다르지 않아요. 다들 이런 데서 일하면 되게 특이한 삶을 살았을 거라고 생각하는데, 그냥 평범하게 자랐어요."

"거짓말."

장미는 입술을 뾰족 내밀고는, 더는 묻지 않았다.

"신효 씨는 참 비밀이 많은 사람인 거 같아."

달리 할 말을 찾기가 힘들었다.

비밀이 없는 사람은 단연코 없을 것이다. 단지 그 비밀이 밖으로 드러낼 수 있을 정도의 가벼운 것인지, 본인의 자아까지 붕괴시킬 수 있을 정도의 무거운 것인지가 다를 뿐이다. 그에 따라서 비밀의 상자를 열 수 있을 것이리라.

한 시간 남짓, 나는 장미의 얘기를 들어줬다. 별로 의미 없는 일상적인 얘기들이었지만, 그녀는 얘기하면서 기분이 풀린 듯 보였다.

"오늘도 고마웠어."

장미는 아주 편안한 미소를 보이고 차에 올라탔다.

그로부터 이틀 후, 집으로 장미의 변호사라는 사람이 찾아왔다.

***

머리가 어지러워 쓰러질 것만 같았다.

바닥이 치솟고, 다리가 휘청거려 벽을 의지한 채로 서 있을 수밖에 없었다.

분명 하늘은 내가 떠돌아다니는 삶을 원하는 것이리라. 내가 마음 편히 어딘가에 정착하는 것을 보기 싫은 게 분명했다.

"내일까지 집을 비워 주셔야 합니다."

장미의 변호사라고 밝힌 남자는 그렇게 말했다.

집으로 찾아온 변호사는 도진희라는 이름을 말하며, 오피스텔 관련 문제로 찾아왔다고 말했다.

도진희라는 이름은 처음 들어보는 이름이라, 문을 열어주지 않았다.

변호사라는 남자는 문을 열지 않으면 경찰을 부르겠다고 겁을 줬다. 내 명의의 집도 아닌 상황에서 나는 약자가 될 수밖에 없었다. 한껏 경계한 채로 문을 열어주었다.

변호사는 이곳 오피스텔의 명의는 도진희, 자신을 고용한 여자의 것이라고 했다. 그리고 도진희라는 여자가 장미라는 사실을 깨닫기까지는 얼마 걸리지 않았다. 그는 장미의 사진을 꺼내어

보여줬고, 장미와 진희가 같은 사람이라는 사실을 알게 됐다.

그 후에 청천벽력 같은 소리를 들었다.

장미가 자살했다.

우리 가게를 찾은 밤, 집으로 돌아간 그녀는 욕조에서 손목을 칼로 긋고 스스로 목숨을 끊었다고 했다.

유난히 붉은색을 좋아했던 그녀. 그래서 자신을 장미로 불러달라고 했던 그녀. 매혹적인 아름다운 꽃으로 남고 싶다는 그녀는 내 가슴 속에 그녀가 원했듯 장미로 남게 되었다.

장미의 가족들은 유산을 정리하는 과정에서 오피스텔의 존재를 알게 됐고, 곧 처분할 것이라고 했다.

"내일까지 비워주시면 됩니다. 그렇지 않으면 경찰에 신고할 수밖에 없으니, 알아서 해주시죠."

남자는 이사비로 쓰라며 흰색 봉투 하나를 테이블 위에 올려놓고 나갔다.

장미가 자살했다는 사실은 실로 충격적이었다.

하지만 그보다 더 충격적인 것은 내가 있을 곳이 없어졌다는 것이다. 물론 모아놓은 돈은 충분하지만, 그렇다고 해서 여유로운 상황은 아니었다.

강남에 오피스텔 전세를 얻고 나면 당장에 나갈 카드값이며, 사채 이자, 자동차 할부금까지 막막해지는 상황이었다.

일을 하며 치장하는 데 들어가는 돈이 만만치 않았다.

명품을 입는 건 당연한 일이 되어버렸다. 거기에 밥을 한 끼 먹더라도 싼 곳은 절대 가지 않았다. 더군다나 가게로 출근하기 전에 들리는 마사지숍부터 메이크업숍까지, 하루에 들어가는 돈만 해도 무시할 수 있는 액수가 아니었다.

가진 건 쥐뿔도 없는데 눈만 높아졌다는 말이 딱 들어맞으리라.

내일의 안위보다는 오늘의 행복이 더욱 중요했고, 남들이 보는 시선으로 나를 만들어나갔다.

나는 이런 생활이 나를 잃어버리는 일이라고는 추호도 생각하지 않았다. 나를 더욱 값지고 의미 있는, 누구도 무시하지 못하는 인간으로 만드는 것이라 생각했다.

그런데 막상 통장의 잔고를 보고, 내가 살아갈 방법에 대해 생각해보니, 참으로 초라해질 수밖에 없었다.

머리가 복잡해 더 이상 집 안에 있을 수 없었다. 산소가 짙어져, 숨을 쉬기도 거북해지는 것 같았다.

집을 나와 발걸음이 향하는 대로 걷고 또 걸었다.

앞으로 어떻게 살아야 할까. 내가 너무 안일하게 생각하고 지금 누리고 있는 것이 내 것이라 착각하고 있었다.

고민하는 틈틈이 장미가 왜 죽음을 선택했는지 떠올려봤지만, 도무지 이유를 알 수 없었다. 나는 그녀의 단편적인 모습만 알고 있을 뿐, 어떤 생각을 가지고 살아가고 있는지는 몰랐다.

어떻게라도 마음의 안정을 찾고 싶었다.

버스정류장의 작은 벤치에 앉아 핸드폰의 주소록을 살펴봤다.

손님들의 이름이 정리되어 있었다. 숫자별로 주소록이 구분되어 있다. 1부터 3까지 돈을 많이 쓴 손님은 1등급으로 분류되어 있고, 그 뒤로 차별 등급을 나눴다. 여기에 끼지 못하는 여자들은 기타로 등록했다.

1번에 저장된 번호들 5개를 뽑아 문자를 보냈다.

그녀들에게 문자를 보내는 것과 동시에 마담 형한테도 문자를 하나 보냈다.

오늘은 도무지 몸이 좋지 않아, 하루쯤 쉬고 싶다고 했다.

마담 형은 문자를 보내자마자 바로 답장을 보내왔다.

며칠간 쉬어도 되니, 당분간 푹 쉬라고 했다. 그에 덧붙여 기사를 통해서 장미의 죽음에 대한 내용을 들었다고 전했다. 장미의 죽음을 기사를 통해서 들었다니, 나는 너무 놀라 헛기침이 나왔다.

기사 그리고 장미의 죽음. 딱히 연관이 되지 않았다.

포털사이트에는 도진희라는 눈에 익지 않은 이름이 실시간 검색어에 오르고 있었다. 그녀의 가족들에 대한 내용도 기사 속에 담겨 있었다.

예사롭지 않다고 생각했지만, 장미는 유명한 화가였다. 그녀가 그토록 유명한 사람인지는 몰랐다. 물론 그 전에 알았다고 하더라도 크게 달라질 것은 없었을 것이다. 가게에는 텔레비전에 출연하는 여배우들도 종종 드나들었고, 유명 기업 누구의 아내라는 여자들도 자주 왔기 때문이다.

장미 남편은 유명 갤러리의 관장이었고, 자식을 둘 두고 있었다. 기사를 천천히 읽어 내려가던 중, 눈길을 사로잡는 글이 있었다.

기사는 장미, 그러니까 도진희가 죽으면서 그림의 가격이 천정부지로 오르게 됐다는 내용이었다.

예술가가 죽은 뒤에 가격이 높아진다는 건 많이 들어봤지만, 실제로 그런 일이 내 곁에서 일어날 줄은 꿈에도 상상하지 못했다.

그래도 한 가닥 희망의 빛줄기가 머리 위로 비추는 기분이었다.

나는 오피스텔에 걸려 있는 그림 두 점을 떠올렸다. 장미가 자신이 그렸던 그림이라고 내게 설명했다.

안개로 자욱했던 길이 이제야 밝아져, 환해지고 선명해지고 있었다. 어떻게든 일단은 버텨나갈 수 있는, 아니, 지금보다 더 윤택해진 삶을 살 수 있을 것이란 확신이 들었다.

나는 1시간 넘게 걸어온 길로 다시 뛰어갔다.

그림만 있으면, 그림만 있으면 어떻게든 해결할 수 있다.

집에 도착하자마자 짐을 정리하기 시작했다. 짐이라고 해봐야 옷과 액세서리, 신발, 그 밖에 별게 없었다. 캐리어에 옷을 잡히는 대로 밀어 넣고 있을 때, 초인종이 울렸다.

"열려있어."

문을 열고 연우가 안으로 들어왔다.

집으로 오는 길에 미리 연우에게 전화를 걸었다. 짐 옮기는 걸 도와달라고 부탁했던 참이었다.

"이게 무슨 난리야?"

"너 뉴스 안 보지?"

갑자기 뜬금없는 소리에 연우는 어리둥절한 표정을 지었다.

"도진희가 죽었어."

"도진희가 누군데?"

연우는 모르는 게 당연했다.

"도진희가 장미야."

"갑자기 왜 죽어? 그제까지 멀쩡하던 사람이?"

그녀의 죽음에 대해서는 나중에 설명하기로 하고, 짐부터 옮기기로 했다. 나는 가게에서 가까이에 있는 호텔에 방을 잡았다.

짐을 옮기고 나서야, 연우는 자초지종을 물었다. 특히, 그림을 왜 그렇게 애지중지 챙기는지 물었다.

나는 열 마디 말보다 기사를 보는 게 빠르겠다 싶어서 기사를 보여줬다.

핸드폰으로 기사를 확인하는 연우 앞에 앉아서 느긋하게 맥주를 마셨다. 맥주를 마시면서 연우의 시시각각 달라지는 표정이 흥미로웠다.

눈이 커졌다가, 다시 작아졌다가는, "오!" 하는 감탄사가 터졌다.

"그러니까, 저 그림이 예사 물건이 아니란 말이지."

"그럼!"

"지금 찾아보니까, 저 사이즈면 최소 한 점에 10억은 받겠는데."

"정말?"

나는 눈이 휘둥그레져 핸드폰으로 기사를 검색했다.

연우의 말은 사실이었다.

내가 갖고 있는 사이즈라면 적어도 5억 이상을 받을 수 있을 것 같았다. A4 크기의 그림도 1억 가까운 돈으로 거래가 됐다고 하니, 10억 정도 생각하는 건 무리가 아니었다.

"그림값은 점점 오르니까."

연우는 "형 이제 대박 났네." 하며 부러움이 절절히 묻어나는 목소리로 말했다.

"근데 설마 그 사람들이 그림을 달라고 하진 않겠지?"

"그 사람들이라니?"

나는 오전에 찾아왔던 변호사에 대해서 말했다.

"그림의 존재를 어떻게 알겠어. 아무튼 부럽다. 진짜 이렇게도 사람 인생이 바뀌는구나."

우리의 삶은 겉으로는 화려해 보이지만, 속을 열어보면 텅 빈 껍데기와도 같다.

속이 썩어 있는 과일과도 같은 게 우리네 삶이라고 할 수 있다. 누군가는 화려한 밤에 피는 꽃처럼 느끼겠지만, 밤의 꽃은 위험하고 또 악취가 강한 법이다. 현실의 구분이 흐릿한 밤에 어딘가에 의지하고 싶은 여자들을 악취를 향기로 위장해 이끌고, 그들의 외로움을 파고들어 돈을 취한다.

쉽게 돈을 버는 만큼 씀씀이도 커지기 마련이다. 도박과 마약에 빠지는 건 기본이고, 주변에 사기를 치려는 사람도 많다.

일반적인 세상과 단절된 우리는 잘 속고, 또 잘 속인다. 그 물고 물리는 악순환 속에 우리의 삶을 보상해주는 건 지갑에 있는 돈이 전부다. 돈을 벌 수 없다면 이렇게 살아갈 필요도 없으니까.

가게를 찾는 손님들에게는 상처를 보듬어주는 반창고라도 되는 척, 애써 담대하고 의연한 척하지만, 결국 우리의 목적은 돈인 것이다.

"형, 나도 챙겨줄 거지?"

연우는 틈을 놓치지 않고 파고든다.

"그림 팔리면 챙겨줄게."

"약속한 거다."

연우는 그림을 보며, 부자들의 마음을 도무지 알 수가 없다고 말했다. 나 역시 공감하는 바였다. 여자의 뒷모습을 그린 그림에 불과한데 몇억씩이나 주고 그림을 사는 이유가 뭘까. 유유자적한 이들의 과잉된 자의식이 만든 과시욕으로밖에 해석이 되지 않는 부분이었다.

"형. 기분인데, 오늘 하루 쉬는 건 어때?"

"나야 말은 해서 괜찮은데, 너는 갑자기 그래도 될까?"

"뭐, 지금 이 상황에 가게 눈치 볼 게 뭐가 있어. 하루 결근한 거 벌금은 형이 내줄 거 아니야?"

이십만 원을 내주는 건 어려운 일이 아니었다.

"형도 앞으로 눈치 보면서 일하지 마."

연우는 앞에 놓인 그림을 지그시 바라봤다.

"까짓 거, 형은 단골도 많겠다, 마담이 뭐라고 하면 가게 차려버리면 그만 아니야?"

연우는 천박한 웃음소리를 내고는 앞에 놓인 맥주를 마셨다.

"막말로 얘기해서, 형이 차린다고 하면 단골들 엄청나게 올 거 아니야. 손해 보는 건 우리가 아니라 가게겠지."

전혀 틀린 말이 아니라는 생각이 들었다.

가끔 들렀던 하우스에 있는 빚은 그림만 팔면 금방 해결될 일이다. 6천만 원도 안 되는 빚은 푼돈이나 마찬가지다.

"가게 하나 차리는 데 얼마나 할까?

나는 농담을 섞어 말했다.

"그림 하나 팔면 충분하지 않겠어?"

"나랑 같이할 마음은 있고?"

"그걸 말이라고 하는 거야?"

연우는 기쁨이 가득 담긴 목소리로 말했다. 진즉에 내가 그렇게 말해주기를 기다렸던 사람 같았다.

"형, 진짜 차리려고?"

그러지 못할 것도 없을 것만 같았다. 돈이 있는데, 더 이상 누군가의 눈치를 보면서 일할 필요는 없었다.

"형이 나온다고 하면, 같이 나올 사람 많지 않겠어?"

연우의 말에 힘이 더해지는 기분이었다. 가게 직원 중에 나를 따라 나올 사람이 얼마나 있을까 속으로 계산해봤다. 마담 형한테 불만이 있는 직원들이 꽤 있으니, 승산은 있는 게임 같았다.

그날, 연우의 꾐에 빠지는 게 아니었다. 나는 사람에게 그렇게 속고도 또 속고야 만다. 이쯤 되면 뇌가 없는 건 아닐까, 스스로를 의심해볼 수도 있는 상황이 아닌가 싶다.

"간만에 클럽이나 가자. 거기서 스트레스도 좀 풀고."

***

자기 인생의 주인공은 바로 나 자신이다.

자기 개성을 확실하게 펼쳐 보이는 곳이 바로 클럽이 아닐까 싶다. 나는 2층 테이블 위에서 스테이지를 멍하니 바라봤다.

강한 비트와 그 속에서 몸을 흔들고 있는 사람들. 이곳에 있는 사람들은 젊음을 만끽하는 것처럼 보였다.

'겉모습은 나와 전혀 다르지 않은데, 어떻게 이토록 다른 삶을 살아갈 수 있을까?' 하는 생각이 들었다.

이제 이십 중반을 넘어섰을 뿐인데, 나는 남들보다 몇 배는 더 빠르게 늙어 가고 있는 건지도 모른다. 자극을 좇다 보니, 결국에는 재밌는 것이 사라져버렸고, 내가 원하는 게 무엇인지도 모르는 지경에 빠져버렸다.

예전에 나도 클럽에서 즐거워했던 거 같은데, 부질없는 미련을 담아봤다. 담배를 물고 깊게 연기를 빨아들였다. 연기가 폐에 스며들고 알코올이 젖어 들자, 조금씩 안정되는 기분이 들었다.

"형, 우리 그냥 안쪽으로 갈까?"

연우는 몇 번 여자들을 자리에 데리고 오더니, 시끄러워서 도무지 말을 할 수 없다고 말했다.

"한번 물어봐. 안에 방이 있나."

나도 연우와 같은 생각이었다. 차분하고 조용한 공간에서 대화를 나누는 것에 비해서 목소리를 쉽게 묻어버리는 클럽의 소음 속에서 이야기하는 건 여간 힘든 일이 아니었다.

연우가 자리로 데리고 오는 여자들의 생김새는 나쁘지 않았다. 다만, 몇 번 말을 나누고 나면 기가 빠지는 듯한 기분이라고 할까. 말 한마디 하는 데도 많은 에너지를 쏟아야 한다는 사실이 나를 지치게 만들었다.

"이렇게 쾌적하고 좋을 수가 없어. 역시 돈이 제일 좋다니까."

룸으로 안내받자, 연우는 밝은 어조로 말했다.

나는 힘없이 웃고는, 방을 한 번 쓱 하고 훑어봤다.

소파에 테이블만 놓인 작은 방을 왜 그리도 비싸게 받는지, 이해가 가면서도 한편으로는 짜증이 났다.

우리 가게에서도 룸에서 술을 마시려면 몇 배나 비싼 금액을 추가로 받지만, 이토록 형편없지는 않다. 최고급 소파에 테이블까지 세팅되어 있고, 방에 실내장식으로 놓인 샹들리에만 해도 몇천만 원을 호가하는 제품이다. 그런데 가격 면에서는 별반 차이가 나지 않으니, 한심하기 짝이 없다는 생각이 들었다.

"별것도 없는데 비싸네."

나는 볼멘 목소리로 말했다.

"별게 없기는 왜 없어."

연우는 웃음기 없는 목소리로 말하고는,

"곧 재미있는 일들이 생길 거야."

장담하는 말투로 말을 이었다.

이날, 나는 몹시도 잘못된 선택들로 후회하는 일들을 만들고 말았다.

내가 이토록 자제력이 없는 인간인지, 사람의 말에 왜 그토록 쉽게 동조하는지. 두고두고 나를 아프게 만들 올가미에 스스로 목을 넣었다.

우리를 담당하는 매니저는 한눈에 봐도 고가의 옷차림으로 포장된 여자였다.

정중한 태도와는 달리 매니저는 친숙한 말투로 마음을 편안하게 만들어 주는 재주를 가지고 있었다. 연우를 보고는 준비된 걸 가져와도 되는지 되물었다.

자연스러운 미소와 상냥한 어조, 이런 밤일과는 어울리지 않는 사람처럼 보였다.

***

겉모습으로 사람을 읽으려 하거나 판단하려고 하는 건 무모한 짓이다.

보이는 모습만으로 사람의 특성을 알아낸다는 건 불가능하다. 이러한 사실이 자명한 진리라는 걸 알면서도 사람의 껍데기만 보고 판단하는 건 어쩔 수 없는 일이 되어버렸다. 이게 우리가 살아가는 사회의 극단적인 단면이 아닐까 생각한다.

겉모습에 집착하지 않았다면 명품들은 이미 세상에서 사라지고 없었을지도 모른다. 먹고 자는 것을 넘어서 우리에게 보이는 모습을 가꾸는 것은 매우 중요한 일상처럼 되어버렸다.

나 역시 마찬가지다.

매일 같이 들리는 헤어숍부터, 일주일에 한 번씩 찾는 스파며 피부과. 모든 건 나를 위하는 길이라고 둘러대지만, 결국은 다른 사람들에게 보여주는 모습에 집착하고 있다는 걸 보여주고 있다.

특히, 밤일을 시작하면서 외모적인 부분, 그러니까 사람들이 겉으로 볼 수 있는 부분에 대한 집착이 더욱 심해졌다.

자연스럽게 옷과 시계, 자동차까지 다양한 소모품에 신경을 쓰게 됐다. 다른 사람의 말투부터 행동, 입고 있는 의상 등을 유심히 바라보고 나름대로 그 사람을 판단하게 되었다. 보고 느끼는 대부분은 내가 생각하는 것과 크게 갈래를 달리하지 않았다.

아무리 치장을 그럴싸하게 했다고 하더라도 달라지지 않는 게 하나 있다.

살아오면서 환경 속에서 자연스럽게 익혀진 행동 습관이다.

사람의 행동하는 습관과 태도는 빠른 기간 안에 고쳐지는 것이 아니다. 어린 시절부터 이어져 온 저변에 자리 잡은 가정교육은 그 사람을 만든다.

멀리 갈 필요도 없다.

가게에서 함께 일하는 사람들만 보더라도 쉽게 알 수 있는 부분이다.

가게 안에서는 깍듯하고 예의 바르다. 표현에 있어서도 거만하거나 건방진 태도가 없다. 말 한마디에도 신경을 써서 실수하지 않기 위해 노력을 기울인다.

밖에서도 그런 행동이 이어지면 좋으련만, 기대하기 어렵다. 매너 있고 자상한 태도는 지극히 가게 안에서만 만들어진 이미지다. 가게 밖으로 나가는 순간, 손님과 접대부 사이가 아닌 순간부터 태도와 행동은 돌변하게 된다.

이용 가치가 사라졌다고 생각되면 다음 행동은 본인의 내면에

채워진 의식의 흐름대로 나가게 된다. 우린 잘 깎여지고 다듬어져 만들어진 도구처럼 가게 안에서만 쓸모가 있는 행동만 할 뿐, 사생활에서는 기존의 모습을 버리지 못한다.

어쩌면 당연한 일인지도 모른다.

자신을 내던지는 직업을 둔 남자가 일반적인 사람들처럼 온전하고 평범한 생각을 갖고 있다는 것 자체가 모순이다.

모두 하나 같이 비극적인 과거를 품고 있다. 돈이 얼마나 중요하고 무서운 건지 뼈저리게 느껴 온 사람들이 대다수다.

지금 클럽이란 공간에서 나와 마주 보고 있는 사람들은 물론 일반화시켜 보편적으로 생각할 수는 없겠지만, 쾌락의 맛을 보려는 사람들이 분명하다.

나를 알아주기를 바라고, 또 드러내기 위해 어필하는 행동들. 가정에서 그리고 주변에서 충분한 사랑과 관심을 받았더라면 낯선 이성의 접근을 쉽게 받아들이지 않을 거다.

고독하고 외로운 사람인 것이다.

물론 나도 별반 다르지 않다.

내 존재를 어린 시절부터 부정당해 왔고, 누군가의 관심을 받으며 살아가고 싶었다. 관심을 받고 싶고 사랑을 받고 싶은 본능은 여간해서는 숨기기가 어렵다.

"이거 한번 해볼래요?"

매니저는 내게 작은 알약 하나를 건넸다.

"이게 뭔가요?"

"기분이 좋아지는 약이에요. 저는 가끔 신나게 놀고 싶을 때 먹거든요. 별로 신나 보이지 않은 것 같아서요."

이 여자의 말은 이상한 힘이 있다.

궤변 같은 말인데도 불구하고 강한 믿음과 신뢰가 간다. 사람에게 보이는 관심과 애정이 진심처럼 느껴지게 만드는, 굉장히 드문 사람이라고 여겨졌다.

아무래도 보이는 행동거지에서 우아함과 세련미가 풍겨져 나와 그런 것인지, 나로선 가늠하기 어렵다.

"엑스터시인가요?"

"해보셨구나."

여자는 방긋 웃으며 말했다. 마치 같이할 사람을 기다렸다는 듯한 표정으로 말이다.

"아니요. 해보지는 않았는데…."

나는 말끝을 흐리며 말했다.

마약에 손을 댈 일은 수도 없이 많았다. 그래도 그 선만은 지키고 싶었다. 아무리 무너진 삶을 산다고 해도 그렇게까지 망가지고 싶지는 않았다.

나는 멍하니 하얀색의 알약을 바라봤다.

"형. 뭐 어때. 경험 삼아서 한번 해봐."

연우는 매니저 손에 있는 약을 손가락으로 집어서는 입에다 넣었다.

"오늘 신나게 놀자고 한 거 아니었어? 기분 좋은 날이잖아. 이런 날 미치지 않으면 언제 또 미쳐보겠어."

나는 주저하고 있었다. 약을 앞에 두고 마음에 갈등이 일었던 건 처음 있는 일이었다. 언제나 당연하듯 거부했고, 약 대신 술에 취해 노는 게 더 재미가 있다며 술을 마시고는 했다. 뭐가 날 그토록 들뜨고 신나게 만들었던 걸까.

"괜찮아요. 요즘 이거 안 하고 노는 애들이 어디 있어요."

연우를 따라 매니저도 아무렇지 않게 알약을 입에 넣었다.

"오빠. 나도 한번 해봐도 돼?"

연우 옆에 있는 여자가 물었다.

"이거 비싸서 안 되는데."

여자는 입을 뾰족하게 내밀고는 볼에 바람을 넣었다. 특유의 귀여운 표정을 만들려고 할 때 하는 습관처럼 보였다.

"하고 싶어?"

여자는 고개를 끄덕였다.

"기분이다!"

연우는 여자에게 약을 건넸고, 그 여자 역시 주저함이 없었다.

몇 분이나 지났을까. 갑자기 연우 옆에 있는 여자는 깔깔거리며 웃기 시작했다. 그걸 시작으로 연우와 매니저는 담배를 입에 물고 실실거리며 해도 그만이고 안 해도 그만인 소리를 해댔다.

"순댓국이 왜 맛있는지 알아?"

연우가 묻자, 매니저는,

"순대가 들어 있어서."

"정답입니다."

농담도 아니고 재미도 없는 의미를 잃어버린 말을 하면서 자기들끼리 깔깔거리며 좋아했다.

"뭐야, 대체."

약간 짜증이 올라왔다. 뭔가 소외됐다는 기분이 썩 좋지만은 않았다.

"같이 즐기자고 했잖아요."

여자는 가슴에 넣은 작은 플라스틱 통을 꺼냈다.

이쯤 되면 한번 해보는 것도 나쁘지 않을 거 같다는 생각이 드는 상황이었다.

"제가 오늘 기분 좋게 해드릴게요."

여자는 내 옆에 가슴을 붙이며 말했다.

여자와 매일같이 함께 시간을 보내는 내가, 그녀의 행동에 자극을 받는 게 이상했다. 어쩌면 일반인, 그러니까 손님이 아닌 상대가 자극적으로 나오는 건 오랜만이라 더욱 그렇게 느껴지는 듯했다.

"오빠, 나랑 오늘 재밌게 놀자."

매니저는 아양을 떠는 목소리로 나를 그윽하게 바라봤다.

나는 술잔을 바라보고 있을 뿐, 어떤 행동도 하지 못했다.

"내가 마음에 안 들어서 그래? 나 나갈까?"

"아니, 그게 아니라."

에라 모르겠다 하는 심정으로 약통을 손으로 열고는 두 알을 집어 입에 넣었다.

"그거 한번에 다 먹으면."

"네?"

"처음에는 반씩 먹는 게 좋은데."

먹자마자 귀가 먹먹해지더니, 세상이 빙그르르 돌기 시작했다.

연우와 매니저, 연우 옆에 있는 여자의 모습이 볼록렌즈가 되어 커다랗게 보였다가 입술만 보였다가, 이내 눈만 보였다. 기괴한 모습으로 얼굴이 마구 헝클어지고 있었다.

옆에서 말하는 사람들의 목소리보다 스피커에서 진동하는 베이스가 더욱 강하게 귓가를 때렸다. 나도 모르게 몸이 들썩거리고 심장이 빠르게 요동쳤다.

"어때 좋지?"

연우는 분명 한 번 물었을 뿐이었을 텐데, '좋지?'라는 단어가 귓가에 메아리처럼 울려 퍼졌다.

"좋지? 좋지? 좋지?"

"죽인다!"

나는 참을 수 없어 몸을 일으켰다.

소파 위로 올라가 마치 춤의 신이라도 되는 것처럼 비트에 몸을 맡겼다. 이 기분에 사람들이 그토록 미치는 거구나. 그때 비로소 느낄 수 있었다. 내 동작 하나, 하나에 음악의 비트가 쪼개지는 것처럼 느껴졌다.

내가 춤을 추는 모습이 우스꽝스러웠는지, 앞에 있는 매니저는 웃음을 보였다.

"지금은 여자가 필요한 순간이지. 형! 내가 여자들 데리고 올게."

"오케이!"

나는 크게 소리치고는 지치지 않고 춤을 췄다.

평소에는 쓰지 않는 감탄사를 내뱉으며 음악에 빠져들었다. 나는 무아지경에 이르고 있었다.

정신을 차리자 시야에 사물이 들어오기 시작했다.

머리가 지끈거리고 목이 건조하게 말라 침을 넘기기도 힘들

정도였다. 물을 찾으려고 주변을 둘러보고 나서야 낯선 곳에서 눈을 떴다는 사실을 깨달을 수 있었다.

낯선 호텔 방에 나 혼자만 남겨져 있었다.

'뭐야, 이건.'

나는 베개로 머리를 떨어뜨렸다.

곁에는 아무도 없었고 나 혼자 덩그러니 침대에 누워있었다. 입 주변에는 붉은색 립스틱이 번진 자국만 남아 있었다. 어제 입었던 옷을 그대로 입고 있는 걸 보니, 누군지 모를 붉은색 립스틱 주인의 여자와 잠자리는 갖지 않은 모양이었다.

두통이 심해서 한동안 꼼짝할 수 없었다.

가까스로 자리에서 일어나 냉장고를 열어 생수를 꺼냈다.

찬물이 위장으로 스며드는 게 고스란히 느껴졌다. 시원한 물을 마시고 나니, 샤워가 간절해졌다. 어제 바른 왁스와 스프레이로 머리카락은 한 올, 한 올 자기주장을 펼치고 있었다. 뻣뻣하게 자기 마음대로 뻗쳐 있는 머리를 감아야 조금이나마 현실로 돌아올 수 있을 것만 같았다.

샤워를 하고 나니, 조금이나마 정신이 돌아왔다.

"어제는 대체 뭐야."

혼자 중얼거리며 핸드폰을 열었다.

기억을 관장하는 뇌의 회로 중간이 통째로 사라진 기분이었다. 더듬더듬 어제의 기억을 곱씹기 시작하자, 매니저가 줬던 약이 떠올랐다. 두 알을 먹고 나서, 약 기운이 떨어질 때쯤 매니저가 준 약을 다시 먹었다. 왜 미쳐서 그런 행동을 했던 걸까.

부질없는 후회가 밀려들어 왔다.

'하루쯤은 괜찮잖아.'

스스로 위로하고는 핸드폰을 열었다.

핸드폰 안에는 어제의 결과들이 고스란히 남아 있었다.

사진첩에는 모르는 여자들과 키스하는 사진부터, 어깨동무하고 술을 마시는 사진까지 다양한 모습의 한 번도 보지 못한 낯선 얼굴의 내가 찍혀 있었다. 누가 찍었는지 춤을 추는 동영상도 있었다. 참고 보려고 해도, 도저히 술에 취하지 않고는 볼 수 없는 춤 실력이었다. 분명 어제는 춤의 신이 빙의라도 한 것 같은 기분이었는데, 사람들이 내가 춤추는 모습을 보며 왜 그리도 웃었는지 이해가 갔다.

장면, 장면. 어제의 영상들이 필름처럼 스쳐 지나갔다.

사진을 보는 사이, 문득 이상한 생각이 들었다.

연우가 없다.

사진 속에는 연우의 얼굴이 없었다.

연우가 찍어줬다고 생각하기는 힘들다. 연우는 극단적으로 사진을 찍히는 걸 좋아하는 타입으로 본인이 중심에 있어야 한다.

누군가를 찍어줄 성격이 아닌데. 나는 이상한 생각이 들었다.

바로 연우에게 전화를 걸어보기로 했다.

전화기는 신호가 가다가 끊기고, 신호가 가다가 끊기기를 반복했다. 분명 의도적으로 전화를 거부하고 있는 상태였다.

아마 지금 숙취로 고달픈 상태에 있겠지. 별다른 의심은 하지 않았다.

나는 옷을 챙겨 밖으로 나왔다. 미리 부른 택시를 타고 예약해놓은 호텔로 갔다. 호텔에서 다시 호텔로 이동하는 내가 신기했는지 기사는 몇 번이고 나를 힐끔힐끔 바라봤다. 아직 술도 덜 깬 얼굴로 호텔로 가는 내 신세도 참 알만 하다는 생각이 들었다.

12층. 예약한 방으로 올라갔다.

카드키로 방문을 열고 들어가자, 뭔가 싸한 기분이 몸을 휘감았다. 어제 방을 나서기 전과 완벽히 공기가 달라졌다는 걸 느낄 수 있었다.

당연히 연우가 방에 있을 줄 알았는데. 방문을 여는 순간, 어젯밤 이곳에서 자고 간 사람은 아무도 없었다는 것을 알 수 있었다.

차가운 공기는 위화감을 만들어 내기에 충분했다.

***

"씨발! 씨발!"

어지러웠던 정신이 제자리를 찾는 데까지는 긴 시간이 걸리지 않았다.

손이 떨리고 어떻게 해야 할지 아무런 생각도 떠오르지 않았다.

나는 침대 위에 걸터앉아 머리를 흔들었다. 어떤 상황인지, 생각하지 않아도 또렷이 느낄 수 있었다.

그림이 사라졌다.

내가 아끼던 시계들도 사라졌다.

연우, 그 자식의 소행이 분명했다.

나는 떨리는 손으로 연우한테 전화를 걸었다. 전화는 이제 꺼져 있는 상태였다. 침이 마르고 목이 따가워 견딜 수가 없었다. 나는 마른침을 삼키며 말라버린 입안을 적시려 노력했다.

가게 마담 형한테 전화를 걸었다.

"연우? 연락 없었는데. 왜, 무슨 일 있어?"

마담 형은 평화로운 목소리로 대답했다.

"아니, 그게."

혀가 입천장에 달라붙어 말이 나오지 않았다.

"무슨 일인데."

혀가 식도 안쪽으로 말려들어 갈 것 같은 기분이었다. 나는 힘을 내서 입술에 힘을 주고 말을 이었다.

"연우가 제 물건을 가져간 거 같아서요."

"걔가 어떻게? 아니, 무슨 물건을 가지고 갔는데."

"형, 죄송한데 연우 주소랑 주민등록번호 좀 알 수 있을까요? 저한테 진짜 중요한 물건이라서요."

"잠깐만 있어 봐. 내가 이따가 가게 나가면 찾아볼게. 근데 아마 연우 자식 보건증 안 냈었던 거 같기는 한데."

"확인 좀 부탁드려요."

보건증이 있을 리 없다는 걸 알고 있다. 그래도 한 줄기 희망의 끈을 잡아보고 싶었다.

처음 일을 시작할 때는 보건증을 가져오라 등 요구사항이 많지만, 막상 일을 시작하면 그런 것쯤은 어떻게 돼도 상관없다는 식으로 변한다. 일만 잘하면 되지 그런 게 무슨 소용이 있냐는 식이었다. 한 번은 보건소에서 검사를 나와 직원 모두가 검사를 받으러 가야 한다는 말이 나오긴 했지만, 그 역시도 흐지부지되어버렸다.

하루하루를 불나방처럼 살아가는 이들에게 두려울 게 뭐가 있겠는가.

나는 호텔 방 안을 오가며 정신을 차리기 위해 애썼다.

어떻게라도, 어떤 식으로라도 방법을 찾아내야만 했다. 그런데 도무지 방도가 떠오르지 않는다. 연우와의 연결점을 찾으려고 해도 나는 그에 대해 알고 있는 게 거의 없다시피 하다.

'매니저. 그래, 어제 클럽에서 만났던 매니저한테 연락해보자.'

나는 저장되지 않은 전화번호들로 전화를 걸었다. 클럽을 간 후에 수신된 모르는 번호들이었다. 하나같이 전화를 받지 않았다.

"제발!"

나는 핸드폰을 침대 위로 집어 던졌다.

이때, 방 안으로 초인종 소리가 들렸다.

'그럼 그렇지.'

순간적으로 살았다 하는 생각이 들었다. 내가 연우를 너무 오해하고 있던 건지도 모른다. 뭔가 돈을 미리 만들어 오려고, 나를 놀라게 만들어 주려고 꾸민 장난일지도 모른다는 생각에 퍼뜩 기분이 좋아졌다.

문을 열고 나서야 알았다.

그것 역시 나의 완벽한 착각이었다는 사실을.

***

“거지 같은 새끼. 내가 너, 그렇게 살고 있을 줄 알았다.”

날아오는 주먹에 눈이 번쩍였다.

10년 만에 의붓아버지를 만났다.

“이따위 꼴을 보여주려고 그랬냐? 어? 그래서 집을 나가서 연락도 끊고, 이런 식으로 나타났냐고.”

다시 한번 주먹이 얼굴로 올라왔다. 두꺼운 주먹이 퉁 하고 눈언저리를 때린다.

‘그래, 죽여라.’

이미 자포자기한 심정이었다.

“왜 그래요. 그러지 마세요.”

작은누나가 아빠라고 불리는 남자를 막아섰다.

“똑같은 것들이 아주 잘하는 짓이다. 너희 엄마가 불쌍하지도 않아?”

그러고 보니 엄마가 보이지 않았다.

분명 부리나케 달려왔을 사람인데, 엄마가 없었다.

“그런 애기가 지금 왜 나오는데요?”

작은누나는 뭔가를 알고 있는 눈치로 보였다.

"처지가 불쌍해서 그런다. 너희 같은 것들도 자식이라고 걱정했던 너희 엄마가 불쌍해서 그래."

머리가 다시 어지러워지기 시작했다.

토악질이 올라와 참을 수 없었다. 나는 참지 못하고 바닥에 토를 해버리고 말았다.

"이런 미친놈. 약쟁이 새끼가 되더니 가지가지 하는구나."

그런 게 아니라고 소리치고 싶었지만, 말을 할 힘도 없었다. 24시간 사이에 내 인생이 너무도 많이 바뀌었다는 것을 절감할 수 있었다.

세 시간 전, 호텔 방에 있었다.

초인종이 울렸고, 나는 기분 좋게 문을 열었다.

'넌 이제 죽었어.'

나는 속으로 교활한 미소를 흘렸다.

연우 자식 머리통이라도 한 대 갈겨줘야지 싶은 마음이었다.

문을 열자 전혀 예상하지 못한 사람이 있었다. 경찰 신분증을 들고 있는 건장한 남자 둘이 문 앞에 버티고 서있었다.

경찰이라고 자신을 소개한 남자는 마약관리법 위반으로 나를 긴급체포한다고 말했다.

얼마나 나를 무너뜨리려 한 것일까.

연우는 마약을 투여한 혐의로 나를 신고했다. 내 캐리어 안에는 연우가 만들어 놓은 덫이 들어 있었다. 작은 상자 안에는 어제 먹었던 알약이 들어 있었고, 증거물로 경찰이 수거해 갔다.

아빠라는 인간은 경찰이라서 그런지, 정보가 빠른 모양이었다.

내가 소변 검사를 끝내고 나온 사이 이미 경찰서에 자리를 잡고 앉아 있었다. 당연히 결과는 양성이었고, 나는 구석으로 몰린 상황이었다.

나는 분명 보호자로 누나한테만 연락했는데, 아빠라는 존재는 왜 나타난 것인지 알 수 없었다.

그를 보자마자 옛 기억에 바로 몸이 굳었다.

그의 폭력에 나는 또다시 속수무책으로 당하고만 있었다. 그를 다시 만나면 멋지게 한 방 날려주고 싶었는데, 그 앞에서는 작아질 수밖에 없었다.

그래도 그가 경찰이라는 게 도움이 되기는 했다. 증거인멸 및 도주의 우려가 없다고 경찰은 판단했고, 집으로 돌아갈 수 있었다.

초범이라는 것 역시 참작이 되었던 모양이었다.

나는 내가 당한 일들을 상세하게 설명했고, 경찰들도 내가 촘촘하게 쳐놓은 덫에 걸렸다는 사실을 인지하는 듯 보였다. 하지만 내가 하는 일이 정확하지 않다는 것을 알고는 의심의 눈초리를 거두지 않았다. 그렇게 나는 가까스로 경찰서를 나오게 됐고, 그 남자의 차를 타고 한 요양병원으로 갔다.

엄마가 왜 경찰서로 오지 못했는지 그곳에서 확인할 수 있었다.

젊고 아름다웠던 엄마는 이제 백발의 노인이 되어 있었다. 어느 순간부터 거동이 불편해지기 시작하더니, 실어증과 우울증이 겹쳐 발생했고, 거기에 초기 중풍까지 겹치며 병원 신세를 지게 됐다는 것이다.

"엄마."

엄마는 나를 보자마자 양손을 내밀었다.

울지 않겠다, 엄마를 보고도 웃어 보이겠다, 잘 살았던 듯 연기를 하겠다고 다짐했지만 이내 무너져버렸다.

"엄마."

그리웠던 품에 안기자 참았던 눈물이 터져 나왔다. 나는 연신 엄마를 불렀다.

"괜찮아."

엄마는 아주 느릿한 음성으로 말하며 내 등을 다독여 주었다.

"뭔가 오해가 있어서 그래. 내가 다 설명할 수 있어."

이미 곁에 있던 아빠라 불리던 남자도, 누나도 사라지고 없었다.

엄마는 아무 말 하지 않아도 된다는 듯 따스한 손으로 등을 다독여 주었다.

괜찮을 리가 없는데, 왜 자꾸 괜찮다고 하는 건지. 나는 이해가 가지 않았다. 엄마는 누가 봐도 괜찮지 않은 얼굴과 모습을 하고 있었다. 근데 왜, 왜 자꾸 괜찮다고 말하는지, 가슴이 더욱 찢어질 것만 같았다.

병실 앞, 미닫이문을 통해 엄마가 보였다. 누나와 나는 대기실에 앉아 있었고, 남자는 엄마 곁에 앉아서 사과를 깎아주고 있었다.

"알고 있었어?"

나는 고개를 숙인 채로 물었다.

"응."

"왜 그때 말 안 했어?"

"하면 뭐해. 뭐 좋은 얘기라고."

"그래도."

나는 말을 더 잇지 못했다.

"저 인간이 먼저 연락했어. 내가 사업자를 냈더니 어떻게 알고 연락이 왔더라. 경찰이 참 대단하기는 한 것 같아."

"그랬구나."

"그래도 저 인간이 있어서 다행이지 뭐야. 진짜 끔찍하게 보기 싫었는데, 엄마한테 잘하는 걸 보니까 또 마음이 풀어지더라."

"잠깐 나가면 안 돼?"

누나와 병원 앞에 있는 벤치에 앉았다.

"내가 바보처럼 속았어."

누나는 여기까지 오는 동안 내게 일어난 일에 대해 전혀 묻지 않았다. 이미 경찰서에서 전후 사정에 대해서는 충분히 들었다고 생각했는지, 별다른 말이 없었다.

"알고 있어. 네 얼굴만 봐도 알아. 내 동생인데."

나는 울컥 감정이 솟아올랐다.

누나한테 기대고 싶은 마음이 굴뚝같았다.

"미안해. 내가 다 알아서 정리할 거야."

"그래. 다 잘될 거야. 너무 걱정하지 마. 그리고 실수는 누구나 할 수 있는 법이니까."

"고마워. 믿어줘서."

누군가가 나를 믿어준다는 것만으로도 가슴이 따뜻해지는 걸 느낄 수 있었다.

나는 엄마한테 인사하지 않고 병원을 나섰다. 좋은 모습으로 다시 찾아오겠다고 속으로 다짐했다.

"진짜 그렇게 가는 거야?"

누나는 뒤에서 멍하니 나를 바라보고 있었다.

"응. 다음에 다시 올 거야."

"그래."

누나는 억지웃음을 지어 보였다.

***

정신이 복잡하다고 해서, 가게를 나가지 않을 수는 없다.

하우스에서 진 빚이라도 어떻게든 먼저 갚아야 했다.

“무슨 일이야, 대체? 온종일 연락이 안 되면 어쩌자는 거야? 네가 충격이 큰 건 알고 있지만, 그렇게 연우 찾더니 연락이 없으면 어떻게 해.”

“죄송해요. 근데 연우 연락은 없나요?”

“그 미친 새끼, 아직도 버릇 못 고쳤지?”

“그게 무슨 말이세요?”

“절도로 소년원 몇 번 들락날락했잖아. 개 버릇은 남 못 준다더니.”

잊고 있었다. 아니, 정확히는 모르고 있었다. 연우가 소년원에 있었다는 사실은 알고 있었지만, 상해나 이런 것쯤으로 생각하고 있었는데 죄목이 절도였다니. 망치로 머리를 강하게 한 대 맞은 듯한 기분이 들었다.

“무슨 일인데 그래?”

민철 형이 걱정스러운 눈으로 물었다.

“연우가 제 돈을 갖고 갔어요.”

"얼마나?"

민철 형의 눈이 동그랗게 변했다.

"많이요."

민철이 형은 한숨을 쉬고는 말했다.

"내가 사람 너무 믿지 말라고 했잖아. 특히 이런 데서 일하는 애들은."

가게에서 연우에 대한 정보를 확인할 방법은 없었다. 연우라는 가게 닉네임만 알고 있을 뿐, 그의 본명에 대해 알고 있는 사람은 없었다. 그래도 연우가 사는 집은 몇 번 간 일이 있어, 퇴근하고 민철 형과 같이 가보기로 했다.

"당신, 무슨 생각해?"

일 년 넘게 가게를 찾아온 단골손님인 정연이가 물었다.

"죄송해요, 정연 씨."

이름에 '연' 자가 들어가는 것만으로도 분노가 치밀었다.

가슴이 따끔따끔 아프고, 위장이 저릿해 오는 기분이 들었다.

"무슨 일이라도 있어?"

"아니요. 아니에요."

"나한테는 말해도 돼."

나도 모르게 눈물이 또르르 흘러내렸다. 한 번도 손님 앞에서 보인 적이 없는 모습이었다.

나보다 정연이가 더 놀랐는지, 주변을 두리번거리고는 핸드백에서 손수건을 꺼냈다.

"신효 씨. 오늘 괜찮으면 나랑 밖에 나갈 수 있어?"

나는 대답 대신 고개를 끄덕였다.

지금 기분이라면 아무것도 하고 싶지 않다. 그래도 어쩔 수 없다. 이렇게라도 돈을 벌어야 한다. 나는 이런 삶을 살고 있다.

마담 형은 몇 번이나 내게 진짜로 나갈 수 있겠는지 물었다. 나를 걱정하기보다는 단골손님을 놓칠지도 모른다는 우려라는 걸 알면서도 마담 형에게는 고마운 마음이 들기도 했다.

"괜찮아요. 실수 안 해요."

민철 형한테는 연우 집에는 혼자 가보겠노라고 말하고 밖으로 나왔다.

가게 앞에 정차된 택시를 타고 정연이의 집으로 갔다. 생각보다 단출한 살림살이에 놀라지 않을 수 없었다.

"우리 집이라도 괜찮겠어?"

정연이의 말에 나는 가만히 고개를 끄덕였다.

당연히 고급 주택 단지에 살고 있으리라 생각했다.

복도식 아파트는 건축된 지 오래되어 보이는 곳이었다. 지역도 서울의 끝자락에 있는 서민들의 주거지로밖에 보이지 않았다.

"놀랐지?"

정연이는 내가 놀라는 게 당연하다는 듯 말했다.

"내가 이렇게 살아. 물론 처음부터 이런 건 아니었지만."

정연이는 부엌에서 와인 한 병을 꺼내 왔다.

"레드 괜찮아?"

소파에 앉아 고개를 끄덕였다.

"제가 준비할까요?"

문득 생각이 들어 자리에서 일어나며 물었다.

"괜찮아. 손님이잖아."

적잖은 계산을 하고 나를 이곳으로 데리고 왔는데도, 그녀는 소탈하게 대해 주었다.

이 정도 집에 산다면 우리 가게에 오는 게 부담이었을 텐데. 누가 누구를 걱정할 처지도 아니면서 그녀의 경제적 상황이 염려됐다.

"괜찮으세요?"

나는 와인을 두 잔째 비우고 물었다.

"뭐가?"

아무렇지도 않다는 듯 정연이가 물었다.

"아니에요. 제가 괜한 소리를."

나는 숨을 내뱉으며 작게 목소리를 냈다.

화장실로 향하는 벽에는 액자 하나가 걸려 있었다. 액자에는 한 아이와 웃으며 정면을 응시하는 정연의 모습이 담겨 있었다.

나는 우두커니 서서 멀뚱멀뚱 사진을 바라봤다.

내가 가만히 서 있다는 걸 의식했는지, 정연이는 내 옆으로 왔다.

"귀엽지? 우리 아기야."

"아기요? 아기가 있었어요?"

"응. 놀랐지?"

결혼했으리라는 건 짐작하고 있었다. 하지만 아기가 있을 거라고는 전혀 생각지도 못했다.

안정적인 태도나 모습에서 풍족함과 여유로움이 묻어났기에 가정이 있을 거라고 여겼다. 다만, 늦은 시간까지 술을 마시고 집으로 돌아가는 모습을 보며 아기가 있을 거라는 건 전혀 예상하지 못한 바였다.

특히 사진 속의 아이는 4살이나 되었을까 하는 생각이 들 정도로 어린아이였다.

가게에 오는 여자 중에서 결혼한 유부녀는 두 가지 부류로 나뉜다. 애가 없거나 아니면 초등학교 고학년 이상이거나 둘 중 하나였다. 아직 엄마의 손길이 필요한 아이를 두고 가게를 찾는 일은 굉장히 드문 일이었다. 사실 그런 손님은 본 일이 없었다.

"그럼 아이는 어디에 있나요?"

사적인 질문은 가급적 피하고 있지만, 오늘은 어쩐지 궁금해지는 날이었다. 너무도 소박한 삶의 풍경이 거리감을 좁혀놨기 때문인지도 모르겠다.

"저기."

정연이는 손가락으로 하늘을 가리켰다.

"네?"

나는 무슨 말을 하는지 알아들을 수 없었다.

"2년 전에 죽었어."

그녀는 가만히 사진을 바라보며 말했다.

"죄송해요."

나는 고개를 숙였다.

"괜찮아. 이미 지난 일이고, 사진을 보고 궁금해하는 건 당연한 일이니까."

"그래도."

나는 말을 잇지 못했다.

정연이는 와인을 마시며 왜 우리 가게를 찾게 됐는지, 그간의 상황에 대해 짧게 설명해주었다.

친절한 여자였기에 내가 몹시도 궁금해하고 있다는 걸 이미 눈치채고 있었는지도 모른다.

"이런 데 사는 여자가 어떻게 그렇게 비싼 가게를 찾아가는지 궁금하지?"

"그건 아니지만."

나는 달리 변명할 말을 찾지 못했다.

"괜찮아. 솔직하게 물어도."

"조금 이해가 가지 않기는 해요."

방 안이 갑자기 후덥지근해지는 기분이었다.

"이곳으로 이사 온 건 얼마 전이야."

정연은 이혼을 시작으로 양육권을 갖고 왔던 일까지 일련의 상황들에 관해 설명하고 나섰다.

7년 전, 그녀가 결혼한 남자는 의사였다고 했다. 그것도 대학병원에서 잘나가는 의사로 집에서 시킨 정략결혼과도 같은 것이라 설명했다.

정연의 집은 부동산으로 갑자기 돈을 벌며, 명예를 가진 남자를 찾게 되었다고 했다

결혼을 조건으로 전남편에게 5층짜리 정형외과를 올려 주고, 아이까지 갖는 등, 순조로운 결혼생활을 이어 갔다고 말했다.

"사랑은 없어도 괜찮다고 생각했어. 다른 사람들이 날 엄청나게 부러워했으니까. 남편은 사람들 앞에서는 굉장히 부드럽고 친절한 사람이었거든."

정연이는 아이가 태어나면서부터 모든 사랑과 열정을 아이에게 쏟았다.

“그러다 한순간 이혼해야겠다고 마음을 먹었어.”

그건 다른 여자를 만나고 다니는 남편에 대한 분노도 아니었고, 자신을 사랑해주지 않는 남편에 대한 서러움도 아니었다.

“아이가 밤에 우는데 시끄럽다고 화를 내잖아. 남의 자식도 아니고, 어쩜 그렇게 다른 사람의 자식을 대하듯이 대하는지. 그때 결심했지. 이 사람하고는 결혼 생활을 이어나가기 힘들겠구나. 마침 아버지도 돌아가신 상태였고 더는 눈치를 볼 사람이 없었어. 내가 하고 싶은 대로 하면 되는 상황이었거든.”

정연은 이혼을 하고 병원을 비롯한 다른 재산을 넘겨주는 대신 친권과 양육권을 가져오기로 했다고 한다.

여기까지는 굉장히 순조롭게 모든 일이 원만하게 해결된 상태였다.

그녀를 파멸로 이끈 건 아이의 죽음이었다. 한눈을 판 사이, 턱이 낮은 3층 베란다 난간으로 아기가 떨어졌고 결국 숨이 끊어졌다.

그녀는 아이를 위해 전원주택을 매입한 자신이 바보 같았다며 자책했다.

“난 그저 아이와 행복하면 그만이었는데.”

그 일을 시작으로 삶이 나락으로 치닫기 시작했다.

“가게를 찾게 된 건 아주 우연한 계기에 지나지 않았어. 친구가 가보면 마음이 풀릴 거라고 추천해줬거든.”

정연이는 아이가 죽고 내가 일하는 가게를 찾게 되며 조금씩 활기를 되찾을 수 있었다고 했다.

“그래도 남자는 필요한 거구나 느꼈지. 그리고 아이를 다시 가질 수 있는 용기도 생겼어. 이번에는 반드시 사랑하는 사람과 결혼하고 그 사람의 아기를 가져야지 하는 마음이 들었어.”

그날부터 가게 출입은 삼가고, 주변 지인들에게 남자를 소개받기 시작했다.

한 남자를 만났고, 그 남자와 석 달 연애 후 결혼을 하고, 행운인지, 축복인지 아기까지 임신할 수 있었다고 했다.

“그때까지는 모든 게 너무도 잘 풀려서 이래도 되나 할 정도였어. 내게 왔던 시련이 이런 행복을 되찾기 위한 여정이었구나 하는 생각이 들었을 정도였지.”

정연은 와인을 물처럼 꿀꺽꿀꺽 마시고는 촉촉해진 눈으로 말을 이었다.

“이번에도 내 착각이었어.”

입술을 깨물며 말했다.

“무슨 착각이요?”

한 편의 드라마를 보는 것보다 흥미진진했다. 삶의 진정성이 녹아든 얘기에 나는 빠져들고 있었다.

"나는 그냥 행복해지고 싶었어. 그냥, 정말 그냥 다른 사람들처럼 행복한 가정을 꿈꿨을 뿐이야."

다정했던 남자는 결혼을 하고, 돈을 요구하기 시작했다. 건설 회사를 한다고 했던 그는 알고 보니 건설 현장의 소장으로 인부들을 관리하는 남자였고, 철저하게 자신을 숨기고 있었다. 정연이가 돈이 많을 걸 알고 의도적으로 접근했고, 그녀와 결혼하고 나서는 일을 관뒀다고 했다.

"나는 괜찮았어. 다 괜찮다고 생각했어. 돈이야 내가 얼마든지 있으니까. 문제 되는 건 없다고 생각했지. 아기가 무사히 태어나면 된다고 여겼어."

남자는 태어날 아기를 위해 번듯한 회사를 차려야겠다며 돈을 계속해서 가져가기 시작했고, 몇 번이나 사기를 당했다고 한다. 능력이 없는 남자가 욕심만 부린 최후였다.

"이제는 한계다 싶은 순간이 왔어. 그 남자에게 돈을 더 투자했다가는 내 인생도, 배 속에 있는 아기의 인생도 부서질 것 같았어. 그래도 돌아갈 수 있는 길은 있어야지. 그리고 돈은 필요한 거니까."

"그래서 어떻게 됐나요?"

"아주 간단했어. 나는 돈이 없다고 그에게 배짱을 부리기 시작했지. 물론 그는 그 말을 믿지 않았어."

그 후에는 끔찍한 일이 발생했다.

임신한 그녀를 향한 폭행이 이어졌고 결국에는 사산했다. 그렇게 배 속의 아이는 세상의 빛을 보지 못하고 엄마 안에서 죽음을 맞았다.

"정말 세상이 가혹하다고 느꼈지."

평범해지고 싶었던 그녀를 세상은 가만히 두고 보지 않았다.

"그 후에는 어떻게 된 거예요?"

"남자는 미안하다는 말 한마디 없었어. 병원에 한 번 와서 나를 보고 가고는 더는 찾아오지 않았지."

정연이는 고개를 숙인 채 한동안 말이 없었다.

"내가 누구를 탓할 수 있겠어. 돈이 문제였던 거지. 전 남편과도 돈 때문에 모든 일이 생겼는데, 또 그 돈 때문에 새롭게 만난 남자와도 문제가 생겼던 거야."

정연이는 퇴원하고 남자와 곧바로 이혼 소송에 들어갔다. 물론 남자의 잘못이 컸기에 이혼은 합의하는 선에서 적당히 마무리가 됐다.

"그래도 살을 비비고 살았던 정이라는 걸 무시할 수는 없더라. 그렇게 모든 걸 잃게 만든 남자였는데, 울면서 제발 살게만 만들어달라는데, 매몰차게 버릴 수가 없었어."

정연이는 약간의 돈을 남자에게 주고 나서 관계를 끝냈다고 했다.

그 뒤로는 우리 가게를 비롯해 남자들이 나오는 가게를 전전하며 지내기 시작했다. 돈이라면 간이고, 쓸개고 모두 내어줄 것 같은 남자들이 불쌍하고 애처로워서, 혹은 속는다는 기분으로 돈을 쓰기 시작했다고 한다.

"돈이라는 게 있을 때는 모르는데, 막상 쓰기 시작하면 탄력이 붙거든."

결국, 남자들에게 돈을 쓰기 시작하며 지금 이곳까지 오게 되었다고 설명했다.

"후회하지 않나요?"

정연이는 숨소리를 뱉으며 후후후, 소리를 내며 웃었다.

"내 생각에는 신효가 후회하는 것 같은데?"

나는 손가락으로 내 얼굴을 가리켰다.

"제가요?"

"응. 재수 없는 얘기를 들었네, 그런 거 아니야?"

"절대 아니에요. 그냥 좀 걱정이 돼서요."

"그렇구나. 그러면 다행이고."

정연은 울 것 같은 얼굴로 입술만 웃고 있었다.

"이 꼴이 돼서도 가게를 찾는 건 끊을 수 없더라. 정말 마약 같은 건가 봐. 나를 안아주고 알아준다고 생각하면 자꾸 발길이 그곳으로 향하게 되니까."

무슨 말인지 알 것도 같았다.

누구나 외롭고 힘들다. 그리고 자신을 받아줄 수 있는 상대를 찾고 기다리고 있다. 정연이 역시 마찬가지였다. 단지 외로움을 돈으로 해결하는 방법밖에 몰랐을 뿐이다.

"괜찮아요. 이제 인생 반도 오지 않았는걸요."

정연이는 그제야 활짝 웃으며 말했다.

"이런 이상한 논리의 사람이라 내가 찾게 된다니까."

그녀는 내 볼에 키스를 해주었다.

정연이는 양팔로 내 몸을 감싸고는 말했다.

"방으로 들어갈래?"

나는 가볍게 기침하고는 고개를 끄덕였다.

"잠깐 씻고 와도 될까요?"

정연이는 내 팔을 잡고는 침대로 이끌었다. 곁에서 떠나지 말라는 말을 그녀의 몸짓이 대신해주고 있었다.

"잠깐만요."

내가 말하기 무섭게 정연이는 입술로 내 입을 막았다.

정연이는 내 몸을 감싸 안고는 침대로 쓰러지듯 넘어졌다.

침대에 누워있는 내 가슴 위에 앉더니 입고 있는 블라우스를 벗었다. 블라우스를 벗자, 브래지어를 한 그녀의 몸이 눈에 들어왔다.

그녀는 "잠깐만." 하고는 옆에 있는 탁상 스탠드의 불을 껐다.

확실히 애를 낳은 여자와 그렇지 않은 여자의 몸은 다를 수밖에 없다. 옷을 입었을 때는 몰랐는데 그녀 몸은 확실히 처녀들의 그것과는 달랐다.

서른 후반밖에 되지 않았는데도 가죽이 늘어져 있다는 느낌이 강하게 들었다.

브래지어까지 벗고는 내가 입고 있는 티셔츠를 벗겼다.

알몸으로 우리 둘은 포개졌다. 그녀는 내 몸을 애무해주기 시작했다. 키스 따위는 불필요하다는 듯 그녀는 공격적으로 나왔다.

오래 기다렸던 맹수가 사냥감을 포획한 것처럼, 그녀는 내 위에서 격렬하게 몸을 놀렸다.

땀이 흥건해질 때까지 그녀는 계속해서 몸을 흔들었다.

지그시 나를 내려다보는 눈빛에서는 아까와는 다른 무시하는, 사람을 경멸하는 시선을 느낄 수 있었다.

아무리 잘난 척 해봐야 너는 몸 파는 남자에 불과하다는 표정으로 나를 바라봤다.

한동안 흥분해서 혼자 몸을 놀리던 정연이는 땀으로 범벅이 된 몸으로 내 가슴에 안겼다.

"고생했어."

혼자만 즐기는 전위를 끝내고는 해갈이 된 듯한 목소리였다.

"자기도 좋았지?"

나는 땀으로 흥건해진 그녀의 등을 안으며, 좋았다고 대답했다.

내 옆으로 툭 하고 떨어진 그녀는 금세 잠이 들었다. 숨소리가 일정해지기 시작하는 걸 듣고는 거실로 나왔다.

냉장고에 있는 캔 커피를 꺼내서 아까 봤던 액자 앞에 다시 섰다.

액자 속 정연이의 얼굴은 지금과 표정이나 분위기 면에서 완전히 달랐다. 지고지순하고 한 가정을 잘 이끌고자 하는 여자의 얼굴이 사진 안에 들어 있었다. 지금처럼 위태롭고 외로운 느낌은 전혀 없었다.

"불쌍한 여자."

액자 속 여자에게 말을 건넸다.

하루의 유희에 왜 그리도 목숨을 거는 걸까. 단 몇 분의 쾌락을 느끼기 위해 너무 많은 것을 희생한다는 생각이 들었다.

나는 옷을 챙겨서, 조용히 밖으로 빠져나왔다.

디지털 도어락이 내는 소리에 혹시나 그녀가 깨지는 않을까 걱정이 됐다. 만약 그녀는 잠에서 살짝 깨더라도 모른 척할 것이다. 그리고 아무렇지 않은 듯, 마셨던 술잔이며 병을 치우고, 샤워하고 잠들 수도 있겠지. 그런 생각이 들었다.

너무도 낯선 동네, 이질적인 풍경이 눈에 들어왔다.

나지막한 언덕 위에 있는 아파트에서는 아침을 일찍 시작한 사람들이 많았다. 분리수거를 하는 사람부터 출근길에 오르는 사람까지.

나는 한쪽에 자리한 놀이터에 앉았다.

담배에 불을 붙이고 붉게 물드는 하늘을 조용히 감상했다.

"오늘도 더운 하루가 되겠다."

담배 연기를 두 번 깊게 들이마시고는 자리에서 일어났다.

다시 내가 속한 세상으로 돌아갈 시간이었다.

***

호텔에서 평생 살 수 있다면 얼마나 좋을까.

핸드폰으로 통장 잔액을 확인했다.

얼마간은 버틸 수 있을 정도의 액수가 들어 있었다. 계속 가게에 나가서 일한다면 호텔에서 생활하는 것 자체가 무리는 아니다.

나는 늦은 오후가 되어서야 눈을 떠서는 이런저런 상념에 젖었다.

'도박만 하지 않으면 괜찮아.'

하우스에 출입하지만 않는다면 어떻게든 버티는 삶을 꾸려나갈 수는 있다.

클럽 샌드위치와 양파 수프로 요기를 하고는 창가에 붙어서 섰다.

호텔의 좋은 점은 청결하다는 것 외에도 창이 크다는 데 있다. 내 발아래로 지나가는 사람들을 보고 있자니 우월감에 젖어 든다.

현실은 시궁창과도 같은데 지금 이 순간만은 모든 걸 갖고 있다는 착각에 빠지게 만든다.

담배 한 개비를 꺼내서 불을 붙였다. 발아래에 펼쳐진 풍경을 감상하며 피는 담배의 맛이란. 이처럼 꿀맛이 없다.

고요한 정적을 즐기는 틈바구니로 핸드폰 벨 소리가 울렸다.

깜짝 놀라서 걸려온 전화의 발신자를 확인했다.

하, 절로 한숨이 흘러나왔다.

날짜를 확인하니 벌써 27일이었다. 하우스에 이자를 내야 하는 날에서 이틀이 지나 있었다.

"사장님. 안녕하세요."

나는 억지로 밝은 목소리를 내며 말했다.

그쪽에서는 전화를 받자 바로 욕이 튀어나왔다.

"죄송해요. 제가 경찰서에도 다녀오고 일이 많아서요."

경찰서라는 말에 잠시 주춤하는가 싶더니, 다시 험한 말이 튀어나왔다. 내가 맡긴 차를 팔고, 잘난 얼굴을 엉망진창으로 만들어 주겠다는 것이다. 나는 최대한 공손하게 사정을 설명하고는 바로 이자를 입금하겠다고 했다.

그들이 하는 말은 단순한 협박이 아니었다.

예전에도 가게로 찾아와 내 얼굴에 몇 차례나 주먹질을 가해 며칠간 병원 신세를 져야만 했다.

"차를 팔면 얼마나 갚을 수 있을까요?"

이제 와서 애마니 하는 게 무슨 소용이 있을까. 차에 집착해 어떻게든 이자를 내며 버텼지만, 이제는 그러고 싶지 않다.

"그래도 1,000은 남겠네. 이자까지 하면 1,800만 원이고."

날강도도 이런 날강도가 없다. 5,000만 원을 빌려주고 다달이 800만 원씩 이자를 챙겨 간다. 그것도 단순히 이자만 계산한 금액이니, 도무지 감당이 안 된다. 거기다 한번에 변제를 하지 않으면 안 된다고 하니 나로서는 죽을 맛이다. 돈이 들어오는 족족 또 다른 방식으로 나가게 되니 이자에 허덕이게 된다.

한 달만 착실히 돈을 쓰지 않아도 충분히 쉽게 갚을 수 있는 돈이다.

그런데도 그러지 못하는 현실에 나는 머리가 지끈거렸다.

일하며 받은 스트레스를 풀 수 있는 방도가 필요했다. 지금까지는 도박을 하고, 나를 위해 쇼핑을 하고, 비싼 음식으로 나의 가치를 확인해야만 내일 다시 일을 시작할 수 있었다.

내일은, 단순히 내일일 뿐.

오늘 그 이외의 삶은 내게 무의미할 뿐이라 여겼다.

이제 이쯤에서 모든 것을 정리해야만 할 때가 왔다고 여겼다. 나는 이제 일과 사람 모두에 지쳐 있었고, 그들에게서 벗어나길 갈망하고 있었다.

"그럼 그렇게 해주시겠어요? 나머지는 이자까지 바로 입금하겠습니다."

"그럼 하우스로 와서 직접 건네주도록 해. 여기서 차용증도 없애는 걸 봐야 하니까."

나를 호락호락하게 보고 있다.

분명 하우스에 가면 한 게임만 하고 가라며 나를 부추길 게 뻔하다.

나는 같은 방식으로 늪에 다리를 담그게 되고, 어느덧 정신을 차리고 보면 비슷한 금액의 빚이 내 앞에 축적되어 있으리라.

"아니요. 괜찮습니다."

다시는 같은 방식으로 당하고 싶지 않았다.

몇 번이고 당했던 방식이다.

하우스 사장은 너무도 잘 알고 있다. 도박하는 인간들의 습성이랄까, 생태에 대해서 말이다.

그는 도박장에 발을 내딛는 순간, 우리가 동물원 우리에 갇힌 원숭이가 된다는 걸 알고 있다. 하우스 안의 공기와 습도 그리고 사람들의 에너지. 모든 것들이 나를 구렁텅이로 몰아넣고, 이쯤은 괜찮다고 안심하게 만든다.

"차용증은 어떻게 하려고?"

사장은 강압적이지는 않지만, 무게감이 실린 목소리로 말했다.

"지금 녹음도 하고 있고, 입금한 계좌 정보가 있으니까 문제없을 거라고 생각합니다만."

딱 부러지는 목소리로 대답했다.

사장은 놀랐는지 한동안 말이 없었다.

그리고는 이내, "그래, 알겠다. 입금 확인되면 이제 채무 관계는 깔끔하게 정리된 걸로 하겠다."라고 말했다.

전화를 끊고, "후~" 하고 숨을 뱉어냈다.

이제 하나의 산을 넘은 기분이었다.

이제는 똑바로 세상을 봐야 한다고 생각했다. 누군가에게 당하며 사는 삶을 거부하고 싶다. 그런 생각이 간절해졌다.

하우스 사장에게 남은 돈을 몽땅 털어 입금하고 나니, 또 다른 걱정이 하나 생겼다. 내일 당장 있을 곳이 없다는 것이다.

호텔 숙박비를 감당할 정도의 돈도 남지 않았고, 오늘 일한다고 해서 나를 찾는 손님이 있을 거라고 장담할 수도 없다.

희한한 일이지만, 돈이 간절할 때는 더더욱 손님들이 나를 찾지 않는다. 아무래도 어두운 기운의 에너지가 나를 감싸고 있어서 그렇지 않을까. 가끔 그런 생각을 하고는 한다. 차라리 모든 걸 내려놓고 편안하게 행동했을 때 손님들에게 인기가 높다.

머리가 도무지 돌아가지 않는다.

'일단은 나가야 한다.'

나는 짐을 싸고 체크아웃을 하기로 결정했다.

다행히 보증금으로 걸어놓은 돈으로 호텔에서 이용한 추가 비용을 계산할 수 있었다.

주머니에 든 돈이라고는 30만 원 남짓이 전부였다. 여태껏 치열하게 살아왔다고 여겼는데, 지갑에 든 30만 원, 이 돈이 내가 처한 현실이었다.

호텔 로비 의자에 앉아, 핸드폰 주소록을 빤히 바라보고 있었다.

어떻게라도 방도를 찾고 싶었다.

바로 며칠 전, 장미가 죽었다는 소식을 들었던 날과 달라진 게 없다. 아니, 오히려 조금은 나아졌다는 생각이 든다. 적어도 오늘 큰 결심으로 그동안 미루고 미뤘던 빚을 청산할 수 있었다. 스스로 뿌듯하다는 생각이 들었다.

호텔 로비에 있으니, 현실이 옅어지는 기분이 들었다.

잔잔하게 깔리는 피아노 선율에 나도 모르게 안심이 되고 어떻게든 일이 잘 풀릴 것 같다는 착각이 들었다. 이와 더불어서 내가 마치 돈이 많은 사람이라도 됐다는 생각에 빠져들게 됐다.

이대로 있으면, 하우스에서 빚을 붙이고 빚을 만들었던 시간과 달라지지 않을 게 뻔했다.

'어떻게든 밖으로 나가야만 한다.'

밝은 햇살을 보면 나의 현실을 직시할 수 있으리라.

며칠 사이에 분명히 나는 어른이 되어 가고 있었다. 사람에게 수도 없이 상처를 받았다고 생각했건만, 이번에는 그 크기의 측면에 있어서 비교를 불가하게 만든다.

캐리어를 끌고 호텔 밖으로 나왔다.

찬란하게 비추는 햇살에 살랑거리는 바람, 내 앞으로 바삐 움직이는 사람들의 걸음. 다들 표정이 밝고 경쾌하게 보인다.

세상의 근심은 나만 가진 게 분명했다.

나는 호텔 길 건너편에 있는 작은 공원으로 향했다.

강아지를 데리고 산책을 나온 사람부터 간단하게 운동을 즐기는 중년의 여성까지 다양한 사람들이 있었다.

중년의 여성에게 눈이 향했다. 어쩐지 세련되면서도 포근한 느낌이 나쁘지 않았다. 옆으로 가 어떤 식으로든 말을 걸어보면 어떨까. 쓸데없는 생각을 해본다. 일을 시작하고 나서는 여자들이 외로움에 굶주려 있고, 자신에게 손을 내밀기를 원하고 있다는 생각을 종종 하고는 한다.

다시 핸드폰 주소록에 있는 이름에 집중했다.

어떻게든 살아나갈 방법을 찾아야만 했다. 그게 비록 다른 사람에게 기생하는 방식이라 할지라도 방법이 없다. 지금은 시기가 좋지 않을 뿐이고, 이 폭풍우만 잘 지나간다면 또 다른 햇살이 날 기다리고 있을 것이라 믿어 의심치 않았다.

나는 민철 형한테 전화를 걸었다. 그나마 내 상황을 이해해주고 받아줄 수 있는 사람이라는 생각이 들었다.

같은 직종의 남자에게 당했음에도 나는 그 굴레에 아직도 머물고 있다. 이 사람은 다를 것이란 믿음이 작동하기 시작한다. 그래, 민철 형은 다른 사람일 거야. 그렇게라도 생각하지 않으면 나는 살아갈 수 없다.

혼자서는 이 험한 세상을, 내게 주어진 가혹한 현실을 버텨낼 재간이 없다.

"기분은 좀 괜찮아?"

민철 형은 전화벨이 울리자마자 전화를 받았다.

"네, 괜찮아요."

"내가 수소문해 봤는데, 연우 걔 찾는 거 쉽지는 않을 거 같더라."

"무슨 말이세요?"

"워낙에 바람 같은 놈이라서. 이전에 연우랑 일했던 애들한테 물어봤는데, 걔에 대해 정확히 알고 있는 애가 없더라. 우선은 집에 찾아가 보는 게 최선일 거 같은데. 이따가 같이 가줄까?"

"고마워요."

나는 형한테 지금 내가 처한 상황에 대해 하나도 보태거나 빼는 것 없이 전부 설명했다.

형은 간간이 추임새만 넣을 뿐, 나를 나무라거나 책망하는 일은 없었다.

"보통은 도박에 빠지게 되니까."

민철 형은 그렇게 동조만 해주었다.

"일단 짐도 있을 테니까, 내가 그리로 갈게."

"감사해요."

나는 민철 형과 통화하는 동안 몇 번이나 고맙다고 인사했다. 고맙다는 말을 하면서, '그나마 다행이다. 이렇게라도 도와주는 사람이 있어서 다행이다.'라는 생각이 들었다.

***

"진짜 괜찮을까요?"

우리는 민철 형이 지내는 빌라 앞에서 담배를 피우고 있었다.

"괜찮아. 같이 술 한잔하면서 얘기하면 되지."

"그래도 미리 말을 해야 하지 않을까 해서요."

"정말로 걱정하지 않아도 된다니까. 예전에도 그런 적 있으니까. 아마 심심했는데 잘됐다고 생각할 수도 있어. 그리고 예전에 같이 친하게 어울리곤 했잖아."

"형한테는 신세만 지게 되네요."

나는 어떤 표정을 지으며 말해야 할지 몰라서 망설였다.

민철 형 집으로 가기 전에 연우가 살던 집으로 갔다.

연우가 살았던 집은 초인종을 누르고 문을 두드려도 응답이 없었다. 당연한 일이라는 걸 알면서도 지푸라기라도 잡는 심정으로 찾아갔다.

삼십 분 넘게 문을 두드리고 초인종을 눌렀더니, 주변에서 누군가 신고를 했는지 경비원이 우리 곁으로 다가왔다.

"왜 아무도 없는 집을 자꾸 두드리고 그래요?"

"아무도 없다니요?"

"잘생긴 총각은 며칠 전에 이사 갔어요. 어제는 한 여자가 와서 난리를 피우고 가더니, 오늘은 남자 둘이 와서 난리네."

"저희 말고 누가 찾아왔었나요?"

"무슨 죄를 짓고 도망쳤는지는 모르겠는데, 여자가 소리 지르고 난리를 부리는 바람에 경찰까지 불렀는데."

나 말고도 연우에게 당한 사람이 존재하고 있었다.

"그래서 그 여자는 어떻게 됐어요?"

"나야 모르지. 그 잘생긴 총각을 보게 되면 꼭 한번 연락 달라고 전화번호를 남기기는 했는데. 이사한 사람이 다시 예전 집에 찾아올 일이 있겠어?"

"죄송한데, 그 여자 번호 좀 알 수 있을까요?"

나는 경비원에게서 이름 모를 여자의 전화번호를 받았다.

'김자야.' 메모지에는 꾹꾹 눌러쓴 이름이 보였다.

"그건 받아서 뭐하려고? 괜히 엮이기만 하지."

"혹시나 어떤 실마리라도 찾을 수 있지는 않을까 해서요."

"그래, 한번 연락해보는 것도 나쁘지는 않겠다."

연우의 오피스텔을 나와 차에 올라탔다.

"어디 갈 데는 있고?"

나는 고개를 좌우로 흔들었다.

"일단 가게에는 전화해두는 게 좋지 않겠어? 이미 출근 준비하려면 시간도 늦었고."

옷을 갈아입고 헤어숍에 들렀다가 퇴근하기에는 시간이 빠듯해 보였다.

"죄송해요. 오늘 출근 안 해서 나오는 벌금은 형 것까지 낼게요."

"그런 데 마음 쓰지 않아도 돼."

당일 결근을 하게 되면 벌금을 내야만 했다.

"그나저나, 어떻게 할 생각이야?"

"저도 잘 모르겠어요. 머리가 너무 복잡해서 아무런 생각도 나지 않아요."

민철 형은 우선 며칠 동안 자신의 집에서 쉬면서 머리를 정리하는 게 어떨지 나에게 물었다. 나로서는 당연히 거부할 이유가 없었다. 갈 곳이 없어 막막하던 차에 이렇게 손을 내밀어주니 고마울 따름이었다.

"정말 신세를 져도 괜찮을까요?"

민철 형은 우리와 같은 직종에서 일하는 여자와 동거하고 있었다.

연우와 사이가 좋았던 시절, 우리 셋은 스트레스를 풀기 위해 여자가 나오는 술집을 들르고는 했다. 그곳에서 민철 형은 마음이 맞는 여자를 찾았고, 둘은 금방 집을 합쳐서 살기 시작했다.

그것도 벌써 1년 전 일이다.

그때는 이렇게 절망적이지 않았는데, 시간을 돌릴 수 있다면 얼마나 좋을까. 있을 수 없는 일들만 생각하게 되는 건 분명 내가 처한 현실이 지옥 같기 때문일 것이다.

“내가 미안해서 어쩌냐.”

형이 당당하게 말했던 것과 달리, 실제로 집에 들어갔을 때의 상황은 판이하게 달랐다.

집으로 들어가자 형과 동거하는 은비는 냉랭한 태도로 앞에 있는 사람을 너무도 겸연쩍게 만들었다.

“왔으니 한 잔 마시고 가요.”

하고는 방문을 닫고 안으로 들어갔다.

“잠깐만, 오늘 그 날인가 보네.”

형은 작은 목소리로 말하고는 윙크를 했다.

방으로 들어간 형과 은비는 언성을 높였다.

간간이 내 상황을 설명하는 형의 목소리가 들렸고, 은비는 절대로 받아들일 수 없는 일이라고 말했다.

나는 창밖의 가로등을 바라보며 캔 맥주를 묵묵히 마셨다.

예전 같았다면 자존심을 지키겠다며, 밖으로 바로 나가버렸을 것이다. 그런데 지금은 그럴 수 없다.

내가 가져온 짐도 형 차 안에 있고, 그걸 챙기지 않으면 어디든 이동할 수 없는 상황인 것이다.

이어폰을 꺼내 귀에 꽂고는 노래의 볼륨을 높였다.

노랫소리가 귓가로 흘러 들어가고, 가로등 불빛만이 눈에 들어왔다.

'괜찮다. 괜찮아.'

노래를 듣고 있으니 모든 부분이 감상적으로 보이기 시작했다. 내가 처한 현실이 마치 영화 속의 한 장면처럼 보이는 기분이 들었다.

주머니에 있던 담배를 꺼내 불을 붙였다.

푸스스 소리를 내며 담배가 불에 타들어 가고 있을 때, 형과 은비가 들어갔던 방문이 열렸다.

"지금 여기서 담배 피우는 거야?!"

은비는 날카롭게 목소리를 올리며 말했다.

"여기서 피면 안 되는 거야?"

나는 앞에 놓인 재떨이를 들어 보이며 말했다.

"왜 그래, 진짜."

형이 은비의 손을 잡았다.

"아니, 아무리 우리가 핀다고 해도 남의 집에서 예의가 없잖

아. 넌 최소한의 예의도 몰라?"

"미안해."

나는 재떨이에 담배를 비벼서 껐다.

예전에는 은비와 형과 어울려 밥이며 술을 마시며 시간을 보내기도 했다. 항상 발랄하게 웃으며 친절했던 은비의 모습은 사라지고 없었다. 히스테릭한 모습으로 짜증만 내는 모습이 이상하게 느껴졌다.

"우선은 나랑 나가서 얘기하자."

형은 내 팔목을 잡고 일으켜 세웠다.

"미안해, 여러모로."

나는 며칠 사이 미안한 일들이 너무 많아지고 있다. 정말로 미안하고 감사한 건지 알 수는 없지만, 그렇게 말하지 않으면 안 될 것 같다는 생각이 들었다.

***

캐리어를 질질 끌며 빌라가 있는 골목을 빠져나갔다.

한심한 처량함. 길을 잃은 고양이가 되어버렸다.

"그때 일을 알아서 그래."

빌라에서 쫓겨나듯 나왔을 때였다.

"그때 일이라니?"

고개를 갸웃하며 물었다.

"왜 있잖아. 연우랑 갔었던."

몇 달 전, 형과 연우, 우리 셋은 여자가 나오는 술집에 갔다. 술을 마시던 도중 흥이 올랐다.

누가 시작했는지는 모르겠지만, 바다를 보러 가는 내용이 담긴 노래를 불렀다.

젓가락으로 박자를 맞춰가며 노인들이나 할 법한 짓을 하며 다 같이 노래를 부르기 시작했다.

"바다 보러 갈래?"

연우가 아무 생각 없이 던진 말에 모두 동조했다.

그 길로 형이 운전대를 잡고 바로 바다로 향했다.

새벽녘에서 아침으로 가는 길목, 이른 여름 해가 떠오르기 시작했고 차 안에는 더위가 엄습하고 있었다.

승합차 뒤에 앉은 나를 비롯한 여자들은 곯아떨어져 있었다.

'쿵!' 하는 소리에 놀라서 일어나 보니, 앞의 차와 추돌 사고가 일어났다. 우리는 적당히 현금으로 상황을 마무리하고, 근처 모텔에서 잠을 자기로 했다.

그날, 오후 늦게 일어났을 때, 형은 은비에게서 전화가 여러 번 걸려 왔었다고 말했다.

형은 나한테 자초지종을 설명해달라고 전화를 넘겼다.

은비는 전화를 받자마자, "기분은 괜찮아?" 하고 내게 물어왔다.

"어?"

내가 잠시 놀라자, 형은 윙크를 했다.

나는 눈치 빠르게 알아듣고는 대강 얼버무렸다.

"어, 어. 신경 써줘서 고마워."

"그래. 기분 좀 풀고 와."

은비는 악의가 없는 목소리로 말했다.

형은 은비에게 나한테 일이 생겨 같이 바람을 쐬러 왔다고 거짓말했다고 했다.

이미 벌어진 일이었고 형을 탓할 마음은 없었다.

그리고 얼마 후, 여자들과 동석했다는 사실을 은비가 알게 되었다고 했다.

은비가 나를 생각하는 이미지는 어쩔 수 없이 돈 때문에 밤에 일을 하는 남자, 여자한테는 관심이 별로 없는 남자였다.

그런데 그런 내가 거짓말을 했다고 생각하니 충격이 컸던 모양이었다.

"연우가 그랬다면 화가 덜 났을 거야."

은비는 형한테 그런 말을 했다고 한다.

형은 그때 동석했던 여자 한 명과 몇 주간 은밀한 데이트를 즐겼고, 그 일이 발각되면서 우리가 함께했던 그 날의 시간도 들통나게 되었다고 설명했다.

그 말을 듣고 나니 은비가 내게 했던 행동이 이해가 갔다.

당연히 화가 나고, 나라는 인간은 보기 싫었을 것이다. 여자란 자신의 남자는 언제나 옳고 바른 사람인데, 주변 사람들의 잘못으로 비뚤어진 길로 나서게 된다고 착각하고는 한다. 그게 잘못됐다고 말하고 싶은 마음은 추호도 없지만, 이번에는 다소 황당한 것이 사실이었다.

'어디로 가야 할까.'

이 넓은 도시에서 내가 향할 곳이 없다는 서글픔이 불현듯 다가오기 시작했다.

터덜터덜 정처 없이 길을 걷고 있는 사이, 웃음소리가 귓가를 스치고 지나갔다. 티 없이 밝은 남자 둘이 내뱉는 목소리였다.

"너는 그래서 안 된다니까. 그렇게 답답하게 구니까 여자가 없지."

잠시 멈춰 서서 20대 초반으로 보이는 그들을 바라봤다.

걱정이라고는 없어 보이는 삶, 나도 저렇게 살 수 있었다면 얼마나 좋았을까. 질투 비슷한 감정이 피어오른다.

친구의 연애를 걱정해주는 일, 그건 어린 시절에만 가능한 일이겠지. 그런 생각을 하던 찰나, 준석이가 떠올랐다.

왜 준석이를 생각하지 못하고 있었을까.

여자라면 무서워서 피하고 도망쳤던 준석이. 내가 구박하고 여자를 만나면 얼마나 삶이 달라지는지 역설을 해도 여자 앞에서는 얼어붙었던 그 친구가 떠올랐다.

나는 택시에 올라, 준석이 집 주소를 말했다.

택시 안에서 전화를 걸었지만, 어찌 된 영문인지 전화기가 꺼져 있었다. 오후 10시가 넘은 시간에 준석이가 집에 없을 리 없었다.

회식 자리도 참석하지 않고 로봇처럼 정해진 일상만 해나가는 그는, 아마 잠자리에 들기 전에 내일을 위한 준비를 하고 있을 것이다.

준석이가 사는 빌라를 올려다봤다. 3층, 준석이가 지내고 있는 방에는 불이 켜져 있었다.

"그럼 그렇지."

입가에 절로 미소가 번진다.

준석이는 성실한 회사원의 표본이나 마찬가지다.

엘리베이터가 없는 계단을 캐리어를 들고 올라갔다. 진부하고 고집스러운 빌라의 풍경과 엘리베이터도 없는 세련되지 못한 답답함이 집주인과 똑 닮았다는 생각이 들었다. 준석이 그가 들고 다니는 핸드폰만 해도 어떤가. 아주 구시대적인 유물과도 같은 핸드폰은 그의 고집스러움을 대변해주고 있다.

그의 변하지 않는 모습 때문에 나는 편안하게 묻지도 않고 그의 집을 찾을 수 있는 건지도 모른다.

문 앞에 서서 초인종을 눌렀다.

텔레비전 소리가 문밖으로 흘러나왔다.

"역시 그럼 그렇지."

당연히 그가 집에 있을 줄 알았다.

다시 한번 초인종을 누르자, 텔레비전에서 나오던 소리가 조용해졌다.

"누구세요?"

약간은 당황한 목소리로 준석이가 물었다.

"나야, 문 열어."

"누구?"

미세하게 떨리는 음성이었다.

"누구긴 누구야. 빨리 문이나 열어."

얼굴을 내밀 수 있을 정도로 문이 열렸다.

준석이는 당황하고 놀란 얼굴로 나를 바라봤다.

"갑자기 어쩐 일이야?"

"어쩐 일은."

나는 캐리어를 들고 안으로 들어갔다.

준석이의 어깨를 밀치고 들어가자, 테이블 앞에는 한 남자가 앉아 있었다.

"누구세요?"

내가 묻자 남자는 자신이 묻고 싶었던 질문이었다는 표정이다.

고개를 돌려 현관 앞에 있는 준석이를 보자, 입술이 말랐는지 침을 바르고 있었다.

"회사 동료?"

내가 아는 한 준석이는 나 말고 친구란 존재는 없다. 그리고 회사 동료 역시 친하게 지내는 사람이 몇 명 없는 걸로 알고 있다.

집에까지 초대할 정도라면 분명 친분이 상당한 관계일 텐데. 준석이가 나한테 말하지 않았을 리가 없다. 얼마 전에 같이 프로젝트를 했다던 같은 팀의 직원임이 분명했다.

"응."

준석이는 문을 닫고 주춤거리는 동작으로 곁으로 다가왔다.

남자는 나를 보며, 앞에 놓인 와인잔을 비웠다.

평일에 술이라니. 잔이 두 잔 있는 걸 보니 준석이도 마신 게 분명했다. 평일에는 절대 술을 마시지 않는다던 그였는데, 이상하다는 생각이 들었다.

"잠깐 앉으시죠."

테이블에 앉아 있던 남자는 자신이 주인이라도 되는 양, 내게 앞에 있는 의자로 손을 내밀며 말을 건넸다.

***

정말로 갈 곳을 잃어버리게 되었다.

믿었던 친구의 집에서도 발을 뻗고 지낼 수 없다니, 이토록 난감한 경우가 있을까.

생각지도 못했던 일은 아니었다. 성인 남자가 연애를 하고 누군가를 만나는 일은 당연한 일이니까. 젊은 남자가 성욕이 없다는 것 역시 말이 되지 않는 일이다. 그런데도 준석이는 청렴한 성인처럼 살아가는 사람이라 믿고 있었다. 아니, 어쩌면 믿으려고, 그렇게 생각하려고 했다는 말이 맞을지도 모른다.

"나와 만나는 사람이야."

준석이는 흐트러짐 없는 얼굴로 그렇게 말했다.

자리에 앉아 있던 남자는 준석이의 손을 지그시 잡았다. 표정을 어떻게 지어야 할지. 이런 걸 두고 난감하다고 말해야 하는 거겠지.

나는 얼굴 근육이 떨려오며, 경련이 일어나는 것만 같았다.

"그럼 둘이 사귄다는 소리야?"

준석이는 말없이 미소만 지었다.

어떤 말을 던져야 하는 걸까. 축하해야 한다고 말을 해야 하나, 아니면 웃으며 왜 속였는지 물어야 하는 건가. 도무지 아무런 생각도 나지 않았다.

"미안해."

내 입에서는 뜻밖의 말이 나왔다.

미안하다는 말이 왜 나온 걸까.

나는 길가를 배회하며 둔해진 머리로 생각에 잠겼다.

미안하다는 심정이 정말로 솔직한 내 마음의 목소리였는지도 모르겠다. 준석이가 연애를 하지 않았을 때, 여자한테는 관심이 없다고 말했을 때, 나는 이미 알아차렸어야만 했다.

그런데 멍청하게도 나는 그 순간, 이상한 생각이 떠올랐다.

그건 아주 오래전의 기억이었다.

가출을 하고 1년이 조금 지났을 무렵의 일이다. 호스트바에서 일을 하기 직전의 일이었다.

아침부터 날은 우중충하고, 구름이 낮게 깔려있었다.

"곧 비가 올 것 같아."

나는 하늘을 보며 걱정스럽게 말했다.

비가 오는 날은 일이 많아져서 좋지만, 오토바이를 운전하기에는 위험하기에 걱정이 많았다. 적은 돈을 벌자고 몸을 상하게 만들고 싶지는 않았다.

그때 당시 우리는 숙식까지 해결해주는 중국집에서 배달 일을 하고 있었다.

편안하게 잠을 잘 수 있는 곳이 있다는 것만으로도 행복했다. 거기다 식사까지 해결해주니 이보다 고마울 데가 없었다.

"하, 오지 않았으면 좋겠는데."

우리는 창문에 붙어 하늘만 바라보고 있었다.

그날은 정말이지 참 이상한 날이었다.

"오늘 사장님이 쉴 거라고 하네."

주방 보조를 하는 남자가 와서 내뱉은 말이었다.

준석이와 나는 서로의 얼굴을 보고 웃으며 손뼉을 마주쳤다. 어떤 연유에서 가게가 휴일을 맞게 됐는지, 그런 것 따위는 우리 관심 밖의 일이었다. 우리는 갑자기 얻은 행복감에 도취해 있었다. 느닷없는 선물과도 같은 휴일.

하루 쉰다는 소리에, 창문에서 떨어져 바닥에 누웠다.

주방 보조는 우리를 보고는 "훗." 하고 웃고는 방문을 닫고 나갔다.

"오늘 뭐할까? 쇼핑이라도 나갈까?"

나는 고개를 돌려 준석이를 보며 말했다.

"옷은 사서 뭐하려고?"

사실 옷을 산다고 해도 입고 나갈 곳이 없는 게 우리의 현실이었다.

"그냥. 오랜만에 쉬니까."

천장을 올려다보며 말했다.

"온종일 잠이나 늘어지게 자는 건 어때?"

때마침 창문을 두드리는 빗소리가 울렸다.

나는 누운 채로 창문으로 고개를 돌렸다.

"아무래도 그러는 게 좋겠네."

금세 방은 어둑해지고, 낮은 빗소리가 방 안으로 스며들어오기 시작했다.

빗소리를 듣고 있으면 왜 그리도 마음이 편안해지는 걸까.

무슨 말을 주고받기는 했는데, 어느 순간 잊어버리고 잠에 빠져들어 버렸다. 얼마나 잤을까. 뒤에서 포근히 안기는 준석이가 느껴졌다. 한 번도 없었던 일이었다.

"일어났어?"

내가 등을 돌리려고 하자, 준석이는 이대로 가만히 있자고 말했다.

"나는 늘 두려웠어."

떨리는 목소리로 준석이가 말했다.

"나도 처음에는 그랬어. 근데 지금은 우리 살길을 우리가 알아서 만들게 됐잖아. 무슨 걱정이야."

"그런 뜻이 아니라."

"그럼? 무슨 말인데?"

"그냥 비밀이 밝혀지는 게 두려웠었어. 나는 왜 이렇게 살까.

그런 생각도 들었고."

"아무도 우리가 가출했다는 걸 신경 쓰지 않아. 비밀이랄 것도 없고, 우리가 이렇게 살아가는 걸 이상하게 생각할 것도 없고."

"그런 뜻이 아니야."

"괜찮아. 괜찮다고 생각하면 다 괜찮아지는 거야."

준석이는 어이가 없다는 듯 웃음소리를 흘렸다.

"진짜라니까 그러네. 비웃지 말고 괜찮다고 속으로 되뇌어 봐. 그럼 진짜로 모든 게 괜찮아지니까."

"정말 그럼 괜찮아지는 걸까? 날 바꾸지 않아도 되는 걸까?"

"그렇다니까 그러네."

"고마워. 그렇게 말해줘서."

"그만 궁상떨고 일어나서 라면이나 먹자. 자고 일어났더니 출출해 죽겠다."

나는 내 가슴 위에 올려져 있는 준석이의 팔을 치우며 일어났다. 준석이는 여전히 방바닥에 새우처럼 웅크리고 있었다.

"나는 조금만 더 이러고 있을게."

갑작스레 떠오른 과거의 기억.

준석이는 그때 자신의 성향에 대해 말하고 싶었는지도 모른다. 나는 멍청하게도 그의 마음도 모른 채 괜찮다고 의미 없는 위로만 해주고 있었다.

"괜찮지 않아."

나만 들리는 작은 목소리로 말했다.

몹시도 서럽고 괜찮지 않은 상태, 거의 울 것 같은 상태에 접어들었다. 괜찮다고 나에게 위로를 해줄 수 있는 사람이 있다면 얼마나 좋을까. 그런 생각이 들었다.

어디로 가야 하는지, 그것만이라도 누군가 말해준다면, 제발 그거 하나만이라도 말해준다면 더없이 좋겠는데. 내 옆에는 도움을 줄 수 있는 사람들이 사라지고, 나 혼자만 남아있다.

준석이에게 전화가 걸려왔다.

"미안해."

이번에는 준석이가 미안하다고 사과했다.

"미안할 거 없어."

"많이 놀랐지?"

우리의 대화는 단답식으로 이어졌다.

"당연히."

"무슨 일 있는 건 아니지?"

문득 서운한 마음이 들었다.

무슨 일이 있으니까, 한 번도 보인 적이 없는 짓을 했는데, 왜 그걸 몰라주는 걸까. 준석이에게 내가 이런 행동을 했던 모습을 본 적이 있는지 묻고 싶었다. 누가 봐도 무슨 일이 있는 게 당연한데, 무슨 일이 있는지 묻는 건 참 얄미운 질문이었다.

"난 괜찮아."

'괜찮아지고 싶어!' 속으로 외쳐 보지만 그 외침은 누구도 들을 수 없는 외침이다.

"괜찮다고 하니 다행이다. 그럼 들어가서 쉬고."

그는 내 캐리어를 보지 못했을까? 너무도 경황이 없어 내가 어떤 얼굴을 하고 있었는지, 어떤 모습을 하고 있었는지 잊어버린 걸까? 누군가에게 기대고 싶지 않았는데, 누군가에게 오롯이 의지하고 싶은 밤이었다.

편의점에 들어가 담배를 하나 샀다.

지갑을 열고 지폐를 꺼내려는 순간, 지폐 사이에 끼어 있는 메모지 한 장이 보였다. 연우의 집을 찾아갔을 때, 경비원에게 받은 종이였다.

메모지에 적힌 전화번호를 뚫어져라 바라봤다.

"잔돈 받으세요."

아르바이트생의 말에 그제야 정신이 돌아왔다.

편의점 앞에 앉아 담배에 불을 붙였다.

'어떻게 한다.'

자정을 십 분 남겨놓은 상황이었다.

지금 전화를 해도 될까, 고민이 앞섰다. 김자야, 이 여자에게 전화를 걸어도 되겠지. 나는 잃을 것이 없으니까. 자신을 합리화시키고는 메모에 담긴 숫자를 하나씩 누르기 시작했다.

***

김자야, 나는 지금 그녀의 집 앞에 와있다.

전화로 연우의 이야기를 꺼내자 그녀는 기다렸다는 듯이 만나서 얘기를 할 수 있는지 물었다.

겁이 없는 건지, 아니면 무감각한 것인지는 몰라도 그녀는 내게 집으로 찾아와 달라고 했다.

"낯선 남자가 집으로 가도 괜찮겠어요?"

나는 혹시 숨은 속내가 있는 것은 아닌지 걱정하는 마음으로 물었다.

그녀는 깔깔거리며 시원하게 웃고는 대답했다.

"그렇게 물으니까 믿음이 가네요."

그리고는 집 주소를 문자로 찍어주겠다고 말했다.

막상 집 앞으로 오기는 했지만, 안으로 들어가는 게 꺼려지기는 했다. 시간도 늦었을뿐더러, 처음 만나는 여자 집으로 가는 건 왠지 내키지 않는 일이었다.

내게 더 큰 일이 생긴다고 할지라도 두려울 건 없다. 잃은 게 없는데도 나는 뭔가를 또 잃지는 않을까 하는 걱정을 하고 있다는 생각에 웃음이 나왔다.

우선 연우를 찾는 게 급선무였다. 연우를 찾으면 어떻게라도 설득해서 약간의 돈이라도 받아내겠다는 생각이었다.

연우는 마음이 가는 대로 행동하는 기분파적인 특징을 갖고 있지만, 한편으로는 정에 약한 남자다. 내가 처한 상황에 대해 잘만 설명하면 그도 이해하고 나를 동정해줄 것이 분명하다.

나는 그녀의 문 앞에서 전화를 걸었다.

과거에 이와 비슷한 일로 문제가 얽힌 적이 있었다.

가게에서 손님으로 만났던 여자가 돈을 따로 챙겨줄 테니 집으로 와달라고 했다. 나는 아무런 의심도 없이 그녀의 집으로 갔고, 그녀는 관계를 마친 후에 핑계를 대며 돈을 주지 않겠다고 했다.

"같이 즐겼으니 그만 아니야?"

그녀를 억지로 품에 안으며 헛구역질을 얼마나 참았는지 모른다. 50살 가까이 된 여자를 참아가며 안아줬는데, 즐겼다니. 그 말에 화가 치밀어 올랐다.

"지금 장난하세요? 빨리 돈 주세요."

여자는 절대 주지 못하겠다고 했다.

"내가 가게에서 쓴 돈이 얼만데. 이 정도는 해줄 수 있는 거잖아."

무례함을 넘어선 당당함에 어찌해야 할 줄을 몰랐다.

나는 진열대에 있는 값비싼 술병을 들고는 이거라도 가져가겠다며 으름장을 놓았다.

그녀는 그 자리에서 경찰에 전화를 걸어 나를 주거 무단 침입으로 신고했고, 나는 경찰서에 끌려가야만 했다.

여자는 합의하는 조건으로 화대를 지불하지 않을 것을 요구했고, 나는 어쩔 수 없이 순응할 수밖에 없었다.

그때 만약 대화한 내용을 녹음하고 있었더라면 이 같은 참사는 일어나지 않았을 것이다.

"저, 여기 앞에 와있는데. 진짜 들어가도 될까요?"

나는 통화 녹음 버튼을 누르고 그녀의 다음 말을 기다렸다.

"네, 들어와도 돼요. 잠시만요. 문 열어드릴게요."

이걸로 혹시라도 발생할 수 있는 뜻하지 않은 분쟁은 미연에 방지한 셈이다.

"저기, 잠시만. 저 진짜 들어가도 될까요?"

"남자가 무슨 겁이 그렇게 많아요? 제가 잡아먹기라도 할까 봐요?"

문이 열리고 여자는 전화기를 손에 들고 있었다.

나는 모든 게 완벽하다고 생각하고는 전화를 끊었다.

전화기를 향했던 얼굴을 들자, 내 앞에는 낯익은 여자가 서 있었다. 화장을 지우기는 했어도 분명 내가 알고 있는 여자가 분명했다.

"저…."

여자는 놀랐는지 말을 잇지 못했다.

나 역시 입을 떼지 못했다.

굳어있는 내게 그녀가 말을 걸었다.

"일단 안으로 들어오세요."

문을 활짝 열며 말했다.

통화할 때 가지고 있었던 당당함은 이미 사라지고 없었다.

나는 내가 처한 황당함에 그녀의 존재를 잠시 잊고 있었다. 어찌 보면 이 모든 일의 원흉이자 시작이라고 할 수 있다.

클럽에서 내게 약을 줬던 매니저. 그녀가 김자야란 이름으로 내 앞에서 나를 마주 보고 앉아 있다.

***

"죄송해요. 제가 바보 같았어요."

차가운 생수를 앞에 두고 그녀와 나는 한동안 말이 없었다. 몇 분이 지나고 나서야 그녀가 꺼낸 말은 죄송하다는 말이었다. 내가 듣고 싶은 건 그런 게 아니었다. 연우가 어디로 사라졌으며, 내게 왜 그런 행동을 했는지에 대한 해명을 듣고 싶었다.

"연우가 시켰어요."

자야는 연우가 내가 약을 먹을 수 있는 상황을 만들어 달라고 부탁했다고 전했다.

"어디까지 알고 있었어요?"

"전부 다요."

"전부면 뭘 말하는 거죠?"

두루뭉술하게 표현하고 있어 알아들을 수가 없었다.

"비싼 그림을 갖고 있다고 들었어요. 그래서 약을 먹여서 정신이 없게 만들어야 한다고, 그렇게 말했어요."

"그럼 작정한 거였네요. 클럽에 간 것부터, 거기서 술을 먹이고 약을 먹인 것까지 전부 다 말이죠."

"죄송해요."

나는 버럭 화를 냈다.

여간해서는 화를 내지 않는데 속았다는 분노로 인해 등줄기를 타고 열이 올라왔다.

"죄송해요."

여자는 고개를 들지 못하고 있었다.

"그런 말을 들으려고 이러는 게 아니잖아요."

"저도 속았어요. 돈을 챙겨준다고 해서. 연우를 믿었던 게 제 잘못이었어요. 그런 남자인지 알면서도 믿었어요. 절 진짜로 아껴주고 사랑해준다고 생각했거든요."

자야는 연우가 자신을 좋다며 쫓아다녔다고 했다.

연우는 가끔 일이 끝나고 약속이 있다며 어디론가 사라지고는 했다. 지금 알고 보니 그게 바로 자야의 집이었던 모양이다.

"나는 계속 밀어냈는데, 근데 자꾸만 좋다고 하니까."

그 마음은 알 것 같았다.

밤에 일하는 사람들은 유혹에 더욱 취약하고 외로워지기 마련이다. 밤일을 하는 여자들을 여럿 만나며 느낀 부분이기도 하다. 외로움을 이겨내기 위해 집에서 애완동물들을 키우는 여자가 많았다. 그건 악순환의 고리와도 같은 것이다. 자신의 외로움을 애완동물을 통해 위로받으려고 하면서 정작 애완동물은 외로운 상태에 빠지게 만든다. 정말 이토록 이기적인 동물이 사람 말고 또 있을까.

"둘이 사귀고 있었던 거예요?"

"그런 건 아니고, 가끔 만나서 얘기하는 정도요."

후, 나는 한숨이 나왔다.

"담배 피워도 되죠?"

나는 당연하다는 듯, 담배를 꺼내 물었다.

여자는 휴지에 물을 묻혀서는 테이블 위에 올려놨다.

담배를 피우며 마음을 진정시킬 필요가 있었다.

담배를 휴지 위에 비벼 끄고 나서는 자야에게 물었다.

"그쪽이 손해 본 건 뭐죠?"

"500만 원 정도요."

자야는 연우에게 몇 번이나 돈을 빌려줬고, 그 돈을 받지 못했다고 했다. 처음에는 잘 갚는다고 느꼈는데, 어느 순간부터 100만 원씩 빌리는 횟수가 늘어났고, 지금의 상태에 이르렀다고 했다.

"그림을 팔고 나면 2,000만 원을 준다고 약속했거든요. 저는 그 말만 믿고 그런 짓을 저지른 거고요."

"지금 제가 어떤 상황인지나 알아요?"

나는 목에 핏대를 세우며 내가 처한 현실에 관해 설명했다.

갈 곳을 잃은 것은 기본이고, 당장 생활비도 없으며, 어디서 지내야 할지 막막하다는 정도의 내용이었다.

이야기를 하고 나니, 현실이 더욱 비참하게 느껴졌다.

며칠 전만 해도, 클럽에 가기 전만 해도, 핑크빛 밝은 미래가 내 앞에 펼쳐질 것만 같았는데. 꿀 같이 달콤했던 꿈은 한순간에 물거품이 되어 사라져버렸다.

"일단 저희 집에서 지내면서 같이 연우를 찾아보는 게 어때요?"

"여기서요?"

나는 방 안을 휙 둘러보며 말했다.

부엌과 방이 분리되어 있기는 하지만, 원룸에 불과한 공간이다. 이런 공간에서 둘이 지낸다는 게 가능할지 의문이었다. 그것도 나를 속인 낯선 여자랑 함께라니. 고민이 될 수밖에 없었다.

예전에는 더 작은 방에서 지내기도 했다. 그러나 한 번 높아진 눈은 여간해서 낮추기가 쉽지 않다.

나는 또다시 작은 원룸에서 내 인생을 시작하고 싶은 마음은 없었다. 그럼에도 내게는 선택지가 없었다. 지하 단칸방을 얻을 수 있는 보증금도 없다. 물론 그거야 한 달만 고생하면 모으기 어려운 금액은 아니다. 물론 그동안 허름한 여관에서 생활해야 하는 것도 어렵지 않지만, 일이 끝나고 돌아가는 길에는 나의 한탄스러움을 늘 느껴야만 한다.

"신효 씨만 괜찮으시다면 전 괜찮아요."

"연우를 같이 찾아줄 건가요?"

"당연하죠. 저도 돈을 받아야 하는데."

나는 연우를 같이 찾을 수 있기에, 같이 찾아준다고 했기에, 그녀와 같이 지내는 것이다. 이렇게 내 상황을 합리화하기로 했다.

"그럼 일단은 저도 별수 없으니까요. 신세 좀 질게요. 만약에 연우를 찾으면 제가 연우가 제시했던 돈의 두 배, 아니, 세 배를 드릴게요."

이쯤 되니 없던 공수표라도 날려야 할 판이었다.

일단은 연우를 찾는 게 급선무였고, 그래야만 지금의 상황에서 도망쳐 나올 수 있다. 다시 밝은 햇살을 볼 수 있는 방법은 그것뿐이었다.

***

"그럼 우리가 할 수 있는 것에 대해서 얘기를 해보죠."

내가 먼저 제안을 했다.

문 앞에 놔뒀던 캐리어를 가지고 들어와 옷가지를 대충 정리하고 난 후였다. 우리는 바닥에 앉은 채로 마주 보고 있었다.

"이러고 있으니까 이상하네요. 마치 동성 친구하고 있는 거 같아요."

"무슨 말이죠?"

나는 어리둥절한 얼굴로 물었다.

"왜 영화 같은 데 보면 그런 거 있잖아요. 남자가 홀연히 사라지고 그를 사랑하는 여자가 서로 마주 보고 앉아 있는, 서로가 미우면서도 묘한 연민의 동정을 느끼게 되는 상황 말이에요."

무슨 말인지 이해는 됐지만, 그리 낭만적인 상황은 아니었다. 절망과 벼랑과도 같은 상황에서 이 여자는 웃을 수 있다. 그건 나처럼 모든 걸 내려놓고 잃지 않아서 가능한 일일 것이다.

저렇게 낙관적으로 생각할 수 있다는 게 부러우면서도 한편으로는 화가 나는 부분이기도 했다. 누구는 생을 마감하는 순간까지 생각하고 있는데 태평한 소리를 할 수 있다니, 무신경한 정도가 심한 여자라고 여겨졌다.

나는 오늘 과거의 친구를 잃었고, 며칠 전에는 돈을 잃고, 사람에게 줄 수 있는 마음의 틈을 잃어버렸다.

중학교 시절에 집을 나왔던 그때의 나로 다시 돌아오게 됐다. 아무것도 남겨진 것 없이 나는 10년이 넘는 세월을 무엇을 하고 지냈던 걸까.

누구보다 열심히, 잘살아보고자 했는데 허망한 물거품이 되어 저녁노을 속으로 빨려 들어가 버렸다.

"연우를 과연 찾을 수 있을까요?"

가장 궁금한 질문이었다.

"제 발로 찾아올 거 같은데요. 걔는 그런 남자니까요. 아무렇지 않게 사라졌다가 다시 나타나고는 하니까요."

자야는 "이번에는 좀 다를 수도 있겠지만." 하고 이어서 말했다. 돈을 갖고 사라진 사람이 제 발로 나타나는 경우는 드물다.

연우가 먼저 우리 앞에 모습을 보이는 일이 있을까. 작은 기적이라도 꿈꿀 수밖에 없는 상황이었다.

내 삶은 연우가 사라지기 전과 크게 달라지지 않았다.

나의 하루는 아무렇지 않게 다시 흘러갔다. 마치 늘 이렇게 살았던 것처럼 밖에서 보면 너무도 평온한 날의 연속이었다.

자야 집에서 함께 시간을 보낸 지 어느덧 한 달이라는 시간이 지났다. 가끔 잠자리에 누워있으면 가슴이 뜨겁게 타오르는 기분이 들었고, 악몽에 시달리기도 했지만, 심적으로는 안정감을 찾을 수 있었다.

자야가 곁에 있었기에 빨리 정신을 차릴 수 있었는지도 모른다.

자야는 내가 생각했던 것보다 훨씬 괜찮은 여자였다. 따뜻한 밥 한 끼의 고마움을 느끼게 만들어줬다.

잠자리는 발군에 가까웠다. 몸이 딱 맞는 상대라는 말을 자야와 잠자리를 하고 나서야 깨달았다.

가끔 멍하니 밖을 응시하는 자야를 보고 있을 때면 내가 품어주고 싶다는 생각이 들 정도였다. 가진 것 하나 없이 여자에게 기생하며 살아가는 내가 누군가를 아끼고 챙겨주고 싶다는 생각이 든다는 게 몹시도 신기한 일로 여겨졌다.

자야와 같이 살고 나서부터 일을 하는 시간과 날짜도 규칙적으로 변했다. 최대한 자야와 일하는 시간을 맞추기 위해 노력했고, 주말에는 함께 데이트를 하며 시간을 보냈다.

동네 공원에 도시락을 싸 가지고 나가 피크닉을 즐기며, 이런 소소한 행복도 인간이 느낄 수 있는 거구나 하며 새로운 감회에 젖어 들기도 했다.

돗자리에 누워 하늘을 보고 있노라니, 파란 하늘을 스쳐 가듯 지나가는 하얀 구름을 보고 눈물이 흘러나왔다.

"고마워."

자야는 내 가슴 위에 얼굴을 올리고 있었다.

"갑자기?"

자야는 "후후후." 하며 웃음소리를 냈다.

뭔가 분위기가 달라졌다는 걸 느꼈는지, 자야는 얼굴을 들어서 나를 빤히 바라보았다.

"설마 졸려서 그런 건 아닌 거 같고."

자야는 걱정스러운 눈빛으로 나를 보았지만, 입가는 미소를 짓고 있었다.

"행복해도 되는 걸까? 이렇게 한심하게 살아왔는데?"

자야는 내 볼에 가볍게 입을 맞춰주었다.

행복할 자격이 있는 사람이라는 인증을 받은 것만 같아서 기쁜 마음이 들었다.

행복이란 너무도 멀리에 있기에 내 손에는 들어오지 않는, 무형의 것이라 여기며 살아왔다. 그런데 막상 행복이 가슴 가득 들어오니 가슴이 벅차올라 도무지 빼앗기고 싶지 않았다.

"그럼 질문 하나만 해도 돼?"

나는 누운 채로 고개를 끄덕였다.

"만약에 한 달 반 전으로 돌아가서, 나를 만나지도 않았다면 어땠을 거 같아?"

'한 달 반 전으로 돌아간다.'

그렇다면 연우가 그림을 가지고 도망갔을 일도 없을 것이다. 아울러 자야를 만나는 일도 없었겠지.

돈의 풍족함과 마음의 풍요로움, 어떤 것을 좇을 건지. 나는 어떤 선택을 할 수 있을까. 돈이란 무조건 많아야 좋은 것으로 인식하고 살았다. 그런데 막상 이렇게 살아보니, 지금처럼 사는 것도 나쁘지 않은 것 같았다. 아니, 오히려 이런 삶이 내가 동경하고 꿈꾸던 삶이었다 싶었다.

"만약 그때로 돌아간다면 그때도 나는 클럽에 가서, 당신이 주는 약에 취해서 하루를 보냈을 거야."

"어머. 감동이야."

자야의 눈동자는 흔들리고 있었다.

입을 가린 손을 내리고 자야의 입술에 키스했다.

모든 행복이 우리의 몸을 거쳐 발산되고 있었다.

'이제 연우를 찾는 일은 그만하리라.'

연우의 그림자를 찾기 위해 심부름센터를 찾아 많은 돈을 지불했다. 그렇게라도 나를 찾고 싶었는지도 모른다. 돈이 있어야 비로소 내가 있다고 믿었기 때문이었다. 근데 이제는 소용없는 일이다. 자야가 있으면 내가 어디에 있어야 할지, 어떤 사람이 되어야 하는지 정확히 깨달을 수 있었다.

사랑에 빠지는 순간은 아무렇지 않게 찾아온다.

첫날 자야가 집에서 함께 지내자고 했을 때, 가슴에 찌르르한 울림이 있었다. 이 여자라면 혹시, 정말 혹시 나를 받아줄 수 있지는 않을까. 메마르고 갈라진 가슴을 보듬어줄 수 있지는 않을까 하는 기대를 했다.

내 예상은 적중했다.

아픔을 가진 사람은 아픔을 품고 사는 사람을 누구보다 잘 이해해주고 있었다. 자야는 함께 산 날을 시작으로 연우에 대한 소식을 기대하기보다는 나라는 사람에 대해서 집중하고 내 이야기를 듣고 싶어 했다.

나는 중학교 때 가출을 하고 방황했던 시기의 이야기를 들려주었다.

가급적이면 하고 싶지 않았지만, 여성들에게 몸을 팔며 느꼈던 굴욕과 치욕에 대해서도 들려줬다.

순전히 자야가 듣고 싶어 했던 이야기였기 때문에 말을 꺼냈다.

단 하나의 비밀도 남겨두고 싶지 않았고, 위로받고 싶었다. 자야는 모든 얘기를 기분 좋게 들어줬고, 자신의 이야기도 들려줬다. 과거에 남자로 인해 상처받은 자야의 이야기를 듣는 내내

찢어질 것처럼 가슴이 저려 왔다.

우리는 더욱 친밀해졌고, 서로의 고통과 아픔을 달래주려 매일 밤 서로의 몸을 탐닉했다.

육체를 섞으면 섞을수록 자야가 그리워졌고 품에 안고 있고 싶었다.

소울메이트. 한 번도 꺼내 본 일이 없는 낯부끄러운 단어가 머릿속에 맴돌았다.

그녀의 몸을 안고 있는 순간에는 아무런 생각도 떠오르지 않았다.

깨끗한 백지.

깔끔한 상태가 되어, 마치 아무런 고민이 없었던 어린 시절의 나로 돌아간 듯한 착각에 빠져들게 되었다.

"사랑해."

나는 자야의 눈을 똑바로 보며 말했다.

자야는 내 품에 안겨, 행복하다고 말했다.

***

"거지 같은 일 그만둬."

자야는 신경쇠약에 걸린 사람처럼 보였다. 언제부터 술을 마셨는지, 오전에 집에 들어갔을 때는 이미 술에 취해 몸을 가누지 못하고 있었다.

"술 많이 마셨어?"

나는 재빨리 눈으로 빈 병의 숫자를 세어봤다.

빈 소주병이 세 병이었고, 맥주 캔이 뒹굴고 있었다.

"전화는 왜 안 받아!"

자야는 내 앞에 와서는 풀썩 주저앉았다.

"내가 그래서! 그래서!"

자야는 눈물을 흘리고 있었다.

여간해서는 우는 법이 없는 강한 여잔데, 얼마나 마음고생이 심했을까. 나는 그녀를 일으켜 침대에 눕혔다.

"내가 돈 벌 테니까, 그딴 일 그만둬!"

나는 자야가 내가 하는 일에 대해 이해해주는 줄로만 알았다.

"조금만 더 참기로 했잖아."

"거지 같이 몸 파는 일 하지 말라고. 너 나한테 뭐라고 했어?"

"네가 생각하는 일 없었어. 술자리가 길어져서 그렇게 된 것뿐이야."

"누굴 바보로 알아?"

자야는 내게 달려들어 바지를 내렸다.

"왜 이래!"

"벗어! 벗으라고! 남창 새끼야."

자야는 벌떡 일어나서는 식탁으로 갔다. 식탁에 있는 지갑을 들고는 그 안에 있는 지폐를 꺼내서 바닥에 던졌다.

"돈 주면 될 거 아니야."

나는 자야를 품에 안았다.

"알겠어, 그만둘게. 그만두면 되잖아."

자야는 흐느끼며 울고 있었다.

가슴의 진동이 팔을 통해서 느껴졌다.

"바보처럼. 힘들었으면 말을 하지 그랬어."

"나도 여자고 사람이야. 왜 그걸 몰라."

"미안해."

나는 가까스로 자야를 진정시키고 침대에 눕혔다.

식탁에 앉아 잠이든 자야의 얼굴을 가만히 바라봤다.

아기처럼 맑은 피부, 입술을 뾰족 내밀고 있는 모습이 귀엽기만 하다. 나는 정말 사랑에 빠져 있는 게 분명하다.

소주를 한 잔씩 목으로 넘길 때마다, 마음을 강하게 먹기로 다짐했다. 그리고 자야의 입장에 대해 다시 한번 고민했다.

만약 자야가 남자들에게 몸을 판다면 기분이 어떨까. 나는 견디지 못했을 것이다.

자야는 얼마 전부터 클럽 매니저 일을 그만두고 카페에서 아르바이트를 하고 있다. 바리스타 자격증을 따서 카페를 차리겠다는 뜻을 밝혔다. 자야는 나와 그리는 평범한 미래를 생각하고 있는 것이다.

어떻게든 나도 도움이 되고 싶다. 그런데 배운 거라고는 하나도 없는 내가 과연 다른 일을 할 수 있을까.

고민은 할수록 깊어질 뿐이다.

나는 즉각 마담 형한테 전화를 걸었다.

"저 내일부터 못 나갈 것 같습니다."

잠에 취한 목소리로 전화를 받은 마담 형은 내일 다시 얘기하자고 말하고는 전화를 끊었다.

취기가 올라서 한 행동이지만, 번복하고 싶은 마음은 없었다.

만약에 내일 마담 형이 전화가 오고, 나를 설득한다면 나는 그 설득에 넘어가 자야를 설득하려 할 것이 분명했다.

지갑을 들고 밖으로 나갔다.

이미 많은 것을 잃고도 일어났다. 가진 것도 없는 내가 뭘 그리 두려워한단 말인가.

핸드폰 대리점으로 갔다. 오랫동안 썼던 번호를 해지하고, 새로운 번호를 받았다.

잠에 취해 받지 않을 걸 알면서도 자야에게 전화를 걸었다. 제일 먼저 새로운 번호를 남겨주고 싶었다.

두 번째로 술을 마시며 생각했던 또 다른 한 사람에게 전화를 걸었다.

"수연 누나, 저 신효에요. 잘 들어가셨죠?"

"어머, 일찍 일어났네?"

나는 어제 이 여자와 2차를 나갔다.

몇 차례 2차를 나가 시간을 가졌고, 나한테 푹 빠져있는 상태였다.

"저 이제 가게 나가지 않아요."

수연이는 다소 당황한 기색이 역력한 목소리로 무슨 일이 생겼는지 물었다.

이제 더는 두려울 게 없다. 나는 자야만 곁에 있으면 두려울 게 없다고 생각했다. 한번 질러보는 거다.

"누나. 전화로 말하기는 좀 그런데, 부탁 하나만 해도 돼요?"

"얼마든지."

수연이는 기다렸다는 듯 대답했다.

마치 내가 도움을 청하기를 바라던 사람 같았다.

"5천만 원만 빌려줄 수 있어요? 제대로 살아보고 싶어서요. 보통 사람들이 사는 것처럼 말이죠."

잠깐의 틈이 생겼고. 영원처럼 긴 시간이었다.

침을 꿀꺽 삼키며, 대답을 기다렸다.

"뭐하려고 하는지 물어도 돼?"

"카페를 하나 하려고요."

수연이는 기분 좋은 경쾌한 웃음소리로 웃고는 말했다.

"나한테 투자해달라는 거야? 아니면 빌려달라는 거야? 그것도 아니면 달라는 거야?"

여기서 대답을 잘해야만 한다.

내심 달라는 뜻으로 얘기했지만, 의중을 정확하게 솔직히 말하기는 힘들었다.

"투자해달라는 거예요. 얘기는 해봐야겠지만, 수익금에서 일부는 드릴 생각이고요."

"그래? 그럼 좋아. 대신 만나서 얘기를 들어보고 싶은데. 이따 저녁에 시간 돼?"

수연이와 저녁에 만날 장소와 시간을 정하고 전화를 끊었다.

뜨거운 햇살을 바라보며 눈을 찡그렸다.

나도 햇살을 보며 살 수 있는 인간이 되는구나 싶었다.

그럴 수 있다면 얼마나 좋을까.

***

연우가 죽었다.

그토록 미워했고 증오했는데, 죽었다는 소식을 들으니 온몸에 소름이 돋아 참기 힘들었다.

“어떻게 된 일이야?”

민철 형 전화에 놀라서 물었다.

“혹시 뉴스 못 봤니?”

“무슨 뉴스요?”

“강남 한복판에서 칼부림이 났다고. 오늘 난리도 아니었는데.”

“그런 일이 있었나요?”

“하긴, 나도 가게 와서 알았어. 경찰이 어떻게 알았는지 조사하러 왔더라고.”

처음에 가게에 와서는 윤우라는 이름을 말해 알아듣지 못했다고 설명했다. 경찰이 사진을 보여주고 나서야 연우의 본명이라는 걸 알게 되었다. 더욱 놀라운 건 연우가 나보다 나이가 많았다는 거였다. 민철 형과 동갑이면서 연우는 내게 형이라는 말을 스스럼없이 했다.

도대체 나는 어떤 유령과도 같은 인간과 시간을 보내며 지냈던 걸까.

"무슨 생각해?"

카페 공사가 한창이었고, 나는 인테리어가 잘 진행되고 있는지 감독할 겸 가게를 찾았다.

수연이는 내게 1억을 선뜻 빌려주었다. 물론 투자 계약서도 썼고, 일부 빌려준 돈에 대한 차용증도 썼다.

자야한테는 대충 둘러댔을 뿐, 돈의 출처에 대해서는 자세히 설명하지 않았다. 자야도 돈이 어디서 났는지 크게 궁금해하지는 않는 눈치였다. 단지 카페를 차릴 수 있는 것만으로도 행복한 듯 보였다.

"연우가 죽었대."

자야는 놀라는 기색이 없었다.

"알고 있었구나."

오히려 내가 그 사실을 알고 있다는 걸 놀라워했다.

"뭐야? 알고 있었어?"

"경찰한테 연락이 왔었어. 나를 여자친구라고 생각했던 모양이야."

"그래서 어떻게 됐는데?"

"참고인 조사를 받으러 나오라는데, 알아봤더니 내가 굳이 나가지 않아도 된다고 하더라고.”

“그래도 가보는 게 좋지 않겠어?”

“그림 때문에 그러는 거지?”

“아니. 꼭 그런 건 아니지만, 예전에 알았던 사람이기도 하니까.”

자야는 그림을 만약에 다시 찾게 되면 어떻게 할 건지 물었다.

“지금과 달라질 건 없어. 집이며 다른 상황이 더 편해지기는 하겠지만.”

“나 버리지 않을 자신 있어?”

결국 자야를 경찰서에 보내지 않았다. 만약에 연우가 그림을 팔지 않았다 하더라도 내 손에 들어올 일은 없을 것이다.

내 소유도 아니었고, 장미 가족의 소유로 귀속될 게 뻔했다.

며칠 후, 민철 형을 통해 연우가 어떤 이유로 죽게 됐는지 듣게 되었다.

어느 정도 예상하고는 있었지만, 문제는 역시 돈이었던 모양이다. 연우는 그림을 팔면서 폭력배들과 알게 되었고, 그러면서 돈 문제로 시비가 붙었다. 폭력배들 입장에서는 가급적 돈을 조금만 주고 싶었을 테고, 연우 입장에서는 한 푼이라도 더 챙기고 싶었을 것이다.

결국 돈 욕심이 생긴 폭력배의 손에 연우는 죽임을 당하게 됐다. 화려한 삶을 꿈꾸던 연우였지만, 결국 돈도, 인생도 모두 거품이 되어 가라앉았다.

"원래 그런 인생이었어."

우울감에 빠진 내게 자야는 그렇게 말했다.

"구제하기 힘든 인생이었다고."

"그래도 그 그림만 아니었다면."

자야는 내 어깨를 어루만져 주었다.

"신경 쓰지 마. 산 사람만 제대로 살아가면 돼. 자기가 마음 쓴다고 해서 달라지는 일도 없으니까."

맞는 말인 건 알고 있지만, 쉽사리 연우의 존재를 지워내기는 힘들었다. 애증의 관계란 이런 걸 두고 하는 말일 것이다.

"술은 그만 마시는 게 좋겠다. 내일도 공사하는 거 보러 가야지."

"그래. 그러는 게 좋겠어."

불을 끄고 눈을 감았다.

사타구니 사이로 자야의 손이 들어왔다. 나는 자야의 손을 부드럽게 밀어냈다.

"오늘은 일찍 자는 게 좋겠어."

자야는 아무런 대꾸도 하지 않고 등을 돌리고 잠이 들었다.

도무지 잠이 오지 않는 밤이었다.

새벽에 내리는 빗소리는 우울함을 극대화해 주었다.

연우와 있었던 시간들이 영상으로 만들어지고 사진이 되어 머릿속을 스치고 지나갔다.

모든 게 내 탓인 것만 같아 마음이 좋지 않았다.

'도둑놈이 죽어서 속이 다 시원하다.' 이렇게 생각할 수 있으면 좋으련만. 나보다 나이도 많으면서 나를 형이라고 불렀던, 그렇게 살아야만 했던 연우의 삶이 애잔하고 쓰라리게 느껴지는 밤이었다.

'눈을 감자. 나는 내일이 있으니까.'

삶이 끝난 사람과 내일을 생각해야 하는 사람.

밤의 일을 관두고부터 나는 내일을 생각해야만 하는 사람으로 변해 있었다.

연우 일도 있지만, 몸은 이미 밤의 세상에 익숙해져 새벽 시간에도 여간해서는 잠이 오지 않았다.

집에서 먹다 만 와인을 한 잔 따라 마셨다.

민숭민숭한 맛이 혀를 감싸는 기분이 썩 유쾌하지 않았다. '독한 술로 한 잔만 더….' 하는 생각으로 위스키를 마셨다. 몇 잔만 마신다는 게 시간이 지나서 보니 한 병을 말끔히 비워냈다.

머리는 몽롱하면서 사물이 더욱 진하게 보이는 건 왜일까. '술을 마셔도 잠이 오지 않아, 고통의 시간만 길어져 사람들이 마약에 손을 대는 건 아닐까.' 그런 생각이 들기도 했다.

"설마 안 잔 거야?"

화장실을 가려고 잠에서 깬 자야가 놀라서 물었다.

"잠이 안 와서. 한 잔만 마시려고 했는데…."

나는 우물쭈물 눈치를 보며 말했다.

사실 눈치를 볼 일도 아닌데, 나는 그녀의 기분이 상하지는 않을까 신경을 쓰고 있었다.

"일찍 자야 내일 나가지."

"미안, 오늘은 잠이 안 오네."

자야는 한숨을 길게 쉬고는, "적당히 해."라고 말하고는 다시 침실로 들어갔다.

아무리 많은 실수를 한 사람이라고 해도 사람이 죽었는데, 적당히 하라는 말이 과연 맞는 말일까. 문득 짜증이 일렁였다.

나는 가능한 한 목소리에 감정을 숨기려 노력한 채로 말했다.

"알겠어. 곧 잘게."

***

모든 게 잊혀지는 데 걸리는 시간은 얼마나 걸리는 것일까.

하루, 이틀, 아니면 일 년?

연우의 죽음은 3일 후에야 현실로 자각이 됐고, 그의 죽음을 인정하기 시작하는 데 이르렀다.

자야의 빈자리는 얼마나 지나야 채워질 수 있을까.

카페는 예정보다 순조롭게 공사가 진행됐고 화이트톤으로 실내 인테리어를 깔끔하게 마쳤다. 생각했던 것보다 고급스러운 인테리어가 마음에 들었다.

처음 장사를 시작하자 작은누나를 비롯해 내가 알고 있는 지인들이 가게에 들려주었다. 이제야 정신을 차린 거 같다며 다들 진심으로 안도하는 눈치였다.

가게 오픈을 하기 전날에는 엄마를 찾아 병원에 갔다. 카페 사진을 보여주자, 엄마의 입가에는 미소가 번졌다.

'사람 사는 게 별거 없구나.' 하는 생각이 들었다.

이제 정말 자야와 나, 두 사람만 행복하면 만사형통이라고 여겼다.

우리 둘 다 할 줄 아는 게 별로 없고 카페 경영도 처음이라, 매니저로 뽑은 친구한테 많은 부분을 의지했다. 그래도 그는 사람이 워낙 상냥하고 모난 곳이 없어 편안하게 일을 할 수 있었다. 자야는 카페에서 케이크도 만들겠다며 제빵 학원에 등록해 다니기 시작했다.

한낮에는 카페에서 손님들의 모습을 보면 그토록 즐거울 수가 없었다. 평범한 그들의 일상에 내가 들어가도 되는 것인지 감사할 정도였다.

가게를 오픈하고 일주일이 지나고서는 준석이가 예의 그 애인과 함께 빨간 장미를 들고 나타났다.

이미 지난 일의 서운함은 지워버린 상태였다.

준석이와 그의 애인과는 낮부터 술을 마셨다.

"이해해줘서 고마워."

준석이는 촉촉한 눈으로 몇 번이나 말했다.

"술 취하고 제일 짜증 나는 게 뭔지 알아? 한 말 또 하는 거야."

나는 웃음으로 무마했고, 이렇게 둘의 사이를 받아들이기로 했다.

술에 취한 나를 데리러 온 자야를 준석이에게 자신 있게 소개해주었다. 내가 얼마나 사랑하고, 미래를 그리고 있는 여자인지 설명했다.

준석이도 이제는 안심이라며 나를 꼭 안아주었다.

정말, 정말 따뜻하고 감사한 밤이었다.

가져서는 안 될 행복을 손에 넣은 것만 같았다.

이대로 평생을 살아갈 수 있다면, 지금처럼 평범한 일상의 행복을 느낄 수만 있다면 더 바랄 것이 없었다.

갈망하던 꿈은 수연이의 등장으로 산산조각이 나버렸다.

수연이는 우리 카페를 몇 번이나 찾아와 앞에서 지켜본 모양이었다.

내게 당연히 여자가 없을 줄 알았는지, 자야의 존재에 대해 놀란 모양이었다. 나는 설명할 필요는 없다고 느꼈고, 그렇게까지 할 이유도 찾지 못했었다.

낮에 걸려오는 수연의 전화는 되도록 피했고, 식사 시간에 짬을 내서 전화를 걸고는 했다.

채무 관계가 얽혀있던 터라, 수연이와의 잠자리는 그녀가 원한다면 가질 수밖에 없었다.

나는 어떻게 해서라도 지금의 생활을 유지하고 싶은 마음뿐이었다.

그까짓 잠자리 한 번 정도야 눈 딱 감고 하면 그만이라고 생각했다.

하지만, 자야의 생각은 나와 너무 달랐던 모양이다.

"내 돈을 가지고 다른 여자랑 재밌니?"

수연이는 가게 카운터로 똑바로 걸어와 나와 자야 앞에 섰다.

"누구세요?"

자야의 질문에도 아랑곳하지 않고 수연이는 나를 빤히 바라봤다.

"다른 여자랑 이렇게 재미나게 지낼 줄 알았으면 내가 돈 안 빌려줬지."

그녀의 고압적인 태도에 자야도 기가 눌리지 않았다.

"돈을 빌려주신 분이시군요."

나는 놀란 나머지 어떤 말을 해야 할지 뇌의 회로가 제대로 돌아가지 않았다.

"그쪽한테 빌려준 건 아니겠죠."

수연이는 코웃음을 치며 말했다.

"돈은 곧 마련해서 갚을게요."

"그깟 푼돈."

수연이는 콧방귀를 뀌었다.

"신효 씨가 말해봐. 뭐라고 변명이라도 해야 내가 납득을 하지. 이 여자는 자기가 무슨 안주인이라도 된다고 생각하는 모양이네. 나랑 일주일에 두 번씩 잠자리 갖는 건 알고 있어?"

나는 말문이 턱 하고 막혔다.

거칠 것이 없는 여자였다.

"지금 그게 무슨 말이야?"

벌겋게 달아오른 얼굴로 자야는 나를 보고 있었다.

"아무것도 모르는 게 어디서 까불어."

수연이는 몸을 돌렸다. 꼿꼿하게 등을 펴고 들어왔던 문으로 사라졌다.

"그런 거였니?"

고개를 숙이고 아무 말도 할 수 없었다.

"역시나 그런 거였구나."

자야는 앞치마를 던지고 밖으로 나갔다.

놀란 매니저는 말없이 나를 보았고, 눈이 마주치자 고개를 숙였다.

집으로 들어가자 자야는 짐을 싸고 있었다. 캐리어 안에는 내 옷가지들이 들어가 있었다.

"이만 사라져줘."

"자기야, 내 말 좀 들어봐."

자야는 "꺅!" 하고 소리를 지르며 귀를 막았다.

"징그러워, 역겨워!"

"저기 그게 아니라."

"네 목소리 듣는 것, 역겨워서 견딜 수 없어. 내가 착각한 거야. 그래, 내가 착각한 거야. 바뀔 수 있을 줄 알았는데. 넌 그냥 쓰레기였어."

자야는 옷을 대충 캐리어에 넣고는,

"제발 꺼져줘."

하고 말했다.

우두커니 서 있는 나를 보며, 미처 정리하지 못한 짐은 카페로 보내준다고 했다.

캐리어의 바퀴 돌아가는 소리는 왜 이리도 평온한 걸까. 무슨 일이 일어났는지 아무것도 모르는 바퀴 굴러가는 소리.

나는 카페로 갔다.

매니저는 가게 청소를 하고 있었다.

내가 캐리어를 끌고 가게 안으로 들어가자, 그의 눈동자가 움찔하는 게 느껴졌다.

"오늘은 일찍 퇴근하세요."

나는 의자에 앉았다.

마침 손님들이 없어서 다행이라고 생각했다.

가게 불을 끄고, close 팻말을 문 앞에 걸었다.

냉장고에 있던 맥주를 하나 꺼내서는 단숨에 마셔버렸다.

맥주 한 캔을 다 마시고 나니, 웃음이 터져 나와 견딜 수 없었다.

"내가! 내가 뭘 그렇게 잘못했다고!"

조용한 카페에 내 목소리만 울려 퍼졌다.

나는 다시 한번 소리 내서 같은 말을 반복해서 소리쳤다.

큰소리로 웃어도 보고, 소리 내어 울어도 봤다. 달라질 건 없다는 걸 알면서도 나는 울고 웃고를 반복했다.

연우가 갑자기 떠올랐다.

나는 연우와 같은 인생이었는지도 모른다.

누군가를 죽게 만들고 싶은 파멸에 빠뜨리고 싶은 그런 부류의 인생인 것이다.

하하하하하. 나는 웃으며 담배에 불을 붙였다.

담배에 불을 붙이고 몇 모금 깊게 빨아들이고는 화장지가 가득한 카운터 안쪽의 휴지통에 던졌다.

몇 초 만에 불이 붙었고, 나는 그 위로 잡지 몇 권을 던졌다.

가게 안은 순식간에 빨갛게 물들어 갔다.

캐리어를 가게 안에 남겨둔 채, 밖으로 나왔다.

화염으로 휩싸여 가는 가게를 보며 담배 연기를 깊게 빨았다.

내가 행복하고자 하는 욕심이 지나쳐서 재수가 없었던 모양이다. 하늘이 나를 미워해도 너무 미워하는 모양이다.

저 멀리서 소방차 사이렌 소리가 울려 퍼지기 시작했다.

나는 하늘로 얼굴을 젖혔다.

'내가 그렇게 죽어줬으면 좋겠어?'

죽으라고 강요해. 강요하고 또 해도 돼. 그래도 난 죽지 않을 테니까. 그럴수록 꿋꿋하게, 더 악착같이 살아갈 거니까.

핸드폰 벨이 울렸다.

발신자는 자야였다.

웃음이 나왔다. 이제 와서 달라질 건 없다고 말해주고 싶었다. 나는 원래 파멸의 인간이었고, 나락으로 떨어지는 인생쯤, 하나도 무섭지 않다고 말하고 싶었지만 참기로 했다.

나는 손에 쥐고 있는 핸드폰을 불타고 있는 카페로 있는 힘껏 던졌다.

끝

응원해 주신 분들

중부경제인협동조합: 이중혁, 정진원, 김우조, 남대우, 황선용, 강민석, 고재경, 권상혁, 김석원, 김수정, 김용태, 김지환, 김창선, 김태경, 노현수, 신형철, 왕조걸, 이무겸, 이승현, 이용훈, 이철수, 정정하, 조윤호, 최경흠, 최기성, 최혜연, 표태선, 황상원, 박지환, 박봉규

라이온스: 배정욱, 강명수, 김종욱, 강세구, 김태형, 송용수, 최경흠, 최홍규, 강한철, 최정대, 강명구, 최원근, 김홍기, 여정주, 정근영, 이경진, 이두현, 박용근, 박상욱, 김동철, 김무성, 최윤석, 최종복, 하지민, 김영수, 강명광, 이상욱, 이장우, 신경철, 조일호, 김상일, 이민국, 송영호, 이정근, 심동훈, 이창호, 김기수, 최동용, 이재설

아카데미 리더스 8기: 강광석, 송은석, 김세종, 강은숙, 김경희, 조남원, 김동오, 박철현, 김택한, 송미자, 이호동, 이정구, 최덕수, 신동춘, 양현자, 남기관, 엄치국, 박상희, 전미순, 최용구, 김상수, 정자용, 김경태, 강인구, 안주형, 김성자, 김정효, 조은영, 조현호, 오세왕, 고선미, 오영진, 조준엽, 강민석, 김상규, 권귀동, 백경환, 이영근, 안희철, 유명철, 임춘호, 전광자, 전순옥, 이종호, 황희원

골드로타리: 김영삼, 이연우, 임명렬, 김길성, 김채홍, 박정기, 조재웅, 박기병, 김동설, 신경철, 박성민, 서관석, 신동춘, 박재현, 박성민, 김현주, 빙만배, 이광수, 노용복, 정규홍, 김영수, 김성묵, 류창우, 양태호, 박현민, 한봉현, 류기선, 배재철, 신상훈, 이익수, 성병석, 신경철, 김진혁, 이상욱, 이태건, 김종욱, 왕조걸, 최경흠, 박준규, 오성각, 송용수, 박민종, 배정욱, 조일호, 김도연, 양인철, 김광연, 박기병, 장세명, 유호, 하수룡, 박재현, 성은규, 박정현, 신동춘, 이중희, 함영찬, 박성민, 장영성, 윤상철, 박민종, 임종빈, 곽선호

MLD: 윤지승, 이강윤, 이용선, 이소라, 이재훈, 이종혁, 정민성, 조영민, 윤시온, 태성아, 틸상우, 하우영, 김봉환, 모상우, 홍세연

우정회: 김영준, 이정빈, 김대동, 김이빈, 김상락, 박정철, 김정현, 김다윤, 김영민, 김민규, 김복현, 양재춘, 윤동규, 이석현, 최현실, 김송민, 김정아, 정성주, 김동용, 김창희, 김민혁, 정도윤, 송덕진, 고정환, 김시영, 김령희, 김레이, 김민환, 김소당, 김용이, 김한도, 이상윤, 김도식, 박양돌, 김연경, 김진이, 장성철, 김재하, 이가현, 박세종, 김정훈, 이행복, 홍미라, 김성희, 김준오

함께하는 미래회: 이서령, 이규일, 성광진, 한승애, 임상택, 정일주, 윤연옥, 정길용, 이민국, 배철현, 서해성, 유지곤, 박봉규, 이무겸, 이서령, 권중순, 양지훈, 김창현, 박정현, 배재철, 조일호, 최준혁, 김광규, 김수진

7080회: 김남균, 김기현, 김대영, 김철민, 김청일, 김호성, 김황연, 노충래, 서성배, 최태환, 김정혁, 김수혁, 김영일, 이병주, 황훈, 정민수, 김명훈, 김수철, 김명희, 박재훈, 함영민, 유영철, 박보관, 김철호, 서승호, 박성훈, 김찬섭

청운회: 김동철, 박성배, 신성호, 장덕수, 최종복, 이재욱, 신경민, 김정석, 임춘성, 김현철, 이정훈, 이재훈

청류회: 박진환, 박종건, 김기수, 남숙현, 배정욱, 신형균, 유인종, 이창호, 전인기, 황성훈, 김상원

한마음회: 정성훈, 배경철, 박찬민, 정찬근, 이율, 임대경, 윤환열, 김인환, 이태경, 박새우, 김태진, 정기환, 김창섭, 김기홍, 김주철, 홍성기, 박기완, 김준규, 김대영, 양승록, 김동우, 김준오, 이환근, 김진호, 김성진, 심재성, 최명덕, 이금동, 김태영, 황병주, 김주혁, 한상우, 서상철, 임범수

무심회: 박귀지, 박재완, 양지훈, 이두희, 이재설, 최종복, 최준혁, 이형근

형제회: 김귀남, 유재홍, 이종진, 육근상, 김영수, 공영순, 강성철, 기근형, 김대현, 나평수, 노동호, 박형준, 안병수, 유세은, 이택원, 전필선

제주해담: 강승지, 신안민, 박전규, 이영석, 송병선, 신안민, 신용규, 양삼철, 조용화, 강문석

패러글라이딩: 이대기, 김용우, 심응무, 김정태, 김상수, 송치성, 수채화, 김둥이, 최모균